Ilse Schweizer · Tamar

Ilse Schweizer

Tamar

JOHANNIS LAHR

Die Deutsche Bibliothek – CIP-Einheitsaufnahme

Schweizer, Ilse:
Tamar / Ilse Schweizer. Lahr : Johannis, 1994
(TELOS-Bücher ; Nr. 2364 : TELOS erzählendes Paperback)
ISBN 3-501-01230-6
NE: GT

ISBN 3-501-01230-6
TELOS-Bücher
TELOS-Erzählendes Paperback 72 364

Umschlagbild: P. A. Renoir
Gesamtherstellung:
St.-Johannis-Druckerei, 77922 Lahr
Printed in Germany 11616/1994

ERSTER TEIL

„Und das haben Sie getan? Sie haben sich dazu zur Fastnacht unter einer Maske versteckt?“ Nein, ich konnte es nicht aussprechen. Zu absurd erschien mir Barbaras Geständnis.

Es war warm und schwül im Zimmer. Ohne Übergang war der Frühling auf der Höhe seiner Pracht. Unter meinem Fenster zwitscherte ein Buchfink.

„Ja“, sagte die junge Frau, die als Mädel bildhübsch gewesen war, „ich konnte nicht anders. Ich weiß, mich muß der Teufel geritten haben. Dennoch, ich mußte es tun. Es war für mich lebensrettend. Sie sind die einzige, die nun davon weiß, vorläufig.“ Sie saß auf meiner Couch und sah mich fest an.

„Ach, Kind“, erwiderte ich. „Wo soll das hinführen?“ Ich erhob mich, griff nach der Kaffeekanne und wollte ihr nachgießen, und das, ohne sie zu fragen, so durcheinander hatte mich diese Beichte gebracht. Sie wehrte ab, indem sie ihre Hand über die Tasse hielt: „Bitte nicht! Ich muß jetzt an mein Kind denken. Ich will ihm nicht schaden. Ich freue mich so darauf.“

Barbara war für eine Stunde in mein Mansardenstüble heraufgekommen, das Mansardenstüble, das ich mir vor mehr als zehn Jahren, als der Flüchtlingsstrom aus dem Osten auch unsere kleine Stadt überschwemmte, eingerichtet hatte. Und diese Behausung genügte mir, zusammen mit dem winzigen Schlafzimmer, der Kochnische und der erst später eingebauten Dusche, vollkommen. Ich hatte meine Vier-Zimmer-Wohnung der Flüchtlingsfamilie überlassen, und sie wohnte noch immer zur Untermiete bei mir. Diese Mieteinnahmen trugen zu meinem Unterhalt bei.

Es war ungeheuerlich, was mir die junge Frau erzählt hatte, so ungeheuerlich, daß ich es nicht fassen konnte. Mein Erschrecken mußte sich auf meinem Gesicht widergespiegelt haben, denn sie sagte ängstlich: „Bitte, Frau Frey, es bleibt vorläufig doch unter uns, nicht wahr, ich kann Ihnen vertrauen?“ Und leise fügte sie hinzu: „Meine Schwangerschaft werde ich wohl kaum noch lange verheimlichen können, aber das Geheimnis, das dahintersteckt, soll niemand erfahren.“

„Sie können sich auf mich verlassen, Barbara“, erwiderte ich. „Was haben Sie sich bloß dabei gedacht? Und wie soll das weitergehen?“

„Ach, Frau Frey, ich mußte es tun. Und ich bin froh darüber, denn ich fühle mich jetzt erleichtert, von einem Druck befreit. Wie soll ich sagen? Wie reingewaschen. Was weiter wird?“ Sie zuckte mit den Schultern. „Wir werden sehen. Jedenfalls freue ich mich auf das Kind.“

Und ein Leuchten huschte über ihr Gesicht. Ihre schönen blaugrauen Augen strahlten. Sie erinnerten mich ein wenig an das junge Mädchen, wie es mir vor Jahren vorgestellt wurde: groß und schlank, gepflegt und trotz ihrer einfachen Kleidung irgendwie elegant wirkend.

„Wollen Sie es ihm sagen, Barbara? Das gibt einen Skandal.“

„Ich glaube ja. – Es muß sein“, fügte sie hinzu. Dabei sah sie mich trotzig an, dann blickte sie auf ihre Armbanduhr. „Ach, schon so spät? Ich muß fort. Der alte Herr duldet keine Unpünktlichkeit. In dieser Hinsicht ist er komisch.“

Der alte Herr Sorg, bereits über siebzig, ein Steuerberater für Kleinstbetriebe, hatte der berufslosen jungen Witwe einen Arbeitsplatz in seinem Büro geboten, und er nutzte sie, was die Bezahlung betraf, gründlich aus.

„Und was soll werden, Barbara? Wenn das Kind da ist, können Sie doch unmöglich berufstätig sein", sagte ich.

„Ganz einfach: Ich werde Sozialhilfe beantragen. Nach dem Gesetz steht sie mir zu."

Sozialhilfe, bei dem reichen Schwiegervater, den man noch dazu zum Bürgermeister gewählt hat, fuhr es mir durch den Sinn. Aber ich sagte nichts.

„Irgendwie komme ich schon durch", sagte sie, während sie in den Mantel schlüpfte. „Irgendwie habe ich neuen Lebensmut. Glauben Sie mir, Frau Frey, ich hatte nur diese Wahl, das zu tun oder zu sterben."

„Na, na, Sie übertreiben."

„Sie können mich nicht verstehen, ich weiß", erwiderte sie, „niemand kann das." Sie verabschiedete sich und ging die Wendeltreppe hinab.

Vom Fenster aus sah ich ihr nach, sah sie den Burgplatz hinuntergehen. Ihre in den letzten Jahren gedrückte Haltung hatte sich gestrafft. Aufrecht, mit hocherhobenem Kopf, schritt sie ihrem Ziel entgegen, fast so beschwingt wie seinerzeit, bevor sie Gerd Stein geheiratet hatte und in den Gutshof, der auf der gegenüberliegenden Anhöhe liegt, gezogen war.

Sie hätte auf Els, ihre Tante, hören sollen, sie hätte Gerd, der nun auf dem Friedhof ruht, nie heiraten dürfen. Doch was sie sich jetzt als junge Witwe eingebrockt hatte, darüber war sie sich wohl noch nicht im klaren. Darüber konnte man nur den Kopf schütteln. Dennoch, so fragte ich mich, muß ein Mensch sich verteidigen, wenn er anders handelt, als man von ihm erwartet?

Ich räumte das Geschirr in meine Miniküche, und während ich es spülte und die Tassen in den Schrank zurückstellte, dachte ich an unsere erste Begegnung.

Es war ein regnerischer Karfreitagabend damals, als ich sie, zusammen mit Els, meiner besten Freundin, vom Bahnhof abholte, Els, die nun auch schon über ein Jahr unter der Erde liegt.

Vielleicht kann man es als Glück bezeichnen, daß sie das, was ihre Nichte nun zuwege gebracht hat, nicht mehr miterleben mußte.

Sicher, Barbaras Schwiegervater hat sie erbärmlich behandelt, und nicht erst, als man seinen Sohn, ihren jungen Ehemann, zu Grabe getragen hatte, sondern von Anfang an. Gerd sollte kein dahergelaufenes Flüchtlingsmädchen heiraten, das, wie er sich am Stammtisch auszudrücken beliebte, kaum ein Hemd über dem Hintern besaß, von einer Aussteuer oder einem Vermögen ganz zu schweigen.

Ihre Tante Els, das wußten die Einheimischen, war gebildet, eine Dame von hohem Stand und Würde, die ihren Kopf hoch zu tragen verstand, aber was ihre finanzielle Lage betraf, auch das wußte man, da lebte sie sozusagen von der Hand in den Mund. Weder ihr Ehemann noch sie hatten mit Geld umzugehen vermocht. Geld war den beiden nie das Wichtigste gewesen. „Was nützt das Geld, wenn man's behält", das sagte Els schon in ihrer Jugend.

„Laß die Finger von Gerd", hatte sie ihre Nichte gewarnt, „das wird nicht gutgehen. Du wirst immer eine ‚Reingeschmeckte' bleiben, eine, die nichts in die Ehe mitgebracht hat."

„Aber ich liebe ihn doch!" Mit diesen Worten soll Barbara alle Warnungen in den Wind geschlagen haben. Und gegen den Willen von Gerds Vater hatten die beiden ihre Eheschließung ertrotzt.

Doch als dann der Nachwuchs ausblieb, der heißersehnte Stammhalter, der hier im Ländle noch immer eine wichtige Rolle spielt, bekam es Barbara zu spüren. „Geh mir doch weg, mein Sohn hat eine unfruchtbare Kuh geheiratet“, das soll Gerds Vater des öfteren am Stammtisch nach dem zweiten oder dritten Viertele hinausposaunt haben.

Ich setzte mich an meinen Schreibtisch, um die tägliche Betrachtung für unsere Kreiszeitung zu schreiben, wozu ich mich verpflichtet hatte. Aber heute wollte mir die Arbeit nicht glücken. Ich mußte hinaus, und diesmal nicht nur, weil das Frühlingswetter lockte, sondern weil ich nach diesem Schock meine Gedanken ordnen wollte.

Schnell zog ich meinen hellen Staubmantel über und lief hinter dem Städtle den Fußweg entlang hinunter zur Brücke, überquerte den Fluß und stieg die Anhöhe hinauf zum Wäldchen.

Und da passierte es mir doch, was ich hatte vermeiden wollen, ich begegnete Frau Eberle, die mich lärmend begrüßte. „Ach, Frau Frey“, rief sie. „Gehen Sie auch ein bißchen spazieren? Das schöne Wetter muß ausgenutzt werden. Seit ich im Altersheim wohne und somit keinen Garten mehr betreuen muß, brauche ich Bewegung. Ich halte es in meinem Stüble einfach nicht aus. Ich freue mich besonders über die Obstblüte. Dann ist es herrlich hier oben.

Haben Sie schon gehört: Herr Stein, unser Bürgermeister, will die Bäume im Herbst abholzen lassen. Es sollen da Bauplätze entstehen. Na, bei diesem Zustrom von Fremden werden Wohnungen gebraucht. Aber da drüben, wo die Bäume blühen, sollen nur Villen entstehen. Greuberfelds wollen auch bauen, sie vergrößern bereits unten in der Stadt ihr Geschäft. Na, die Reingeschmeckten bringen nicht nur Nachteile. Wer jetzt da so ein Baumstück besitzt, kann reich werden. Unser

Bürgermeister hätte Geld zwar nicht nötig, aber je mehr man hat, desto mehr man will. Doch nun, da keine Erben mehr da sind, hätte er die Bäume ruhig stehenlassen können. Daß er seine Schwiegertochter buchstäblich hinausekelte, ist mir unverständlich."

Nun sind wir beim Thema, dem ich entrinnen wollte, dachte ich bei mir. „Schauen Sie, der Flieder blüht auch bald. Herrlich so ein Frühling. Eigenartig, daß man ihn erst mit dem Älterwerden so richtig zu genießen versteht", versuchte ich abzulenken.

„Sie sind doch noch jung. Was soll ich da sagen", erwiderte Frau Eberle.

Jung ist gut! Ich bin achtundfünfzig, dachte ich. Dennoch, aus der Sicht einer so alten Dame gehörte ich gewiß noch zu den Jüngeren.

Doch Frau Eberle kam auf das Klatschthema zurück: „Der arme Gerd Stein, daß er so jung sterben mußte. Man hat eigentlich nie erfahren, wie das Unglück geschah. Na ja, wenn ein so junger Mensch am Steuer eines schnellen Autos sitzt, kommt er ins Rasen. Es muß ein Schock für die junge Frau gewesen sein.

Ich an ihrer Stelle hätte mich nicht von Haus und Hof vertreiben lassen. Schließlich hat sie ein paar Jahre hier oben geschuftet. Ihr wurde nichts geschenkt, das weiß ich. Da hat sie doch einen Anspruch, auch wenn sie ohne Kinder blieb. Waren Sie nicht mit ihrer verstorbenen Tante, der Frau Geiger, befreundet?"

„Das war ich", erwiderte ich.

„Arbeitet die junge Frau jetzt nicht bei dem alten Sorg, bei dem Knicker? Sagen Sie selbst: Hat sie das nötig?"

„Ich glaube, Frau Eberle, das ist nicht unsere Sache", sagte ich kühl, um damit ihren Redefluß, der aufs Ausfragen hinauslief, zu stoppen.

Es klappte, denn sie sagte: „Ich will mal hier abbiegen. Ich muß doch mal sehen, wie es in meinem ehemaligen Garten aussieht." Ihr welkes Gesicht wirkte beleidigt.

Ich lächelte freundlich: „Alles Gute, bleiben Sie gesund, Frau Eberle."

Sie stakste davon. Ich war froh, endlich allein zu sein. Auf dem Heimweg ging ich den Wiesenweg entlang. Die Wiese war bunt von Löwenzahn und Wiesenschaumkraut. Bürgermeister Steins Kühe, eine große Herde, kamen wohl zum ersten Mal ins Freie; sie sprangen vor Freude wie Kälber und fingen gleich an zu fressen.

Und dann die Obstplantagen, die Kirsch- und Birnbäume standen in weißem Kleid. Mir ging nicht aus dem Kopf, was Frau Eberle erzählt hatte. Es wäre jammerschade, wenn man in diesem Frühling diese Pracht zum letzten Mal bewundern dürfte.

Verkaufte der Bürgermeister, weil der Stammhalter, der Erbe, fehlte? Zum ersten Mal mußte ich über das mir Anvertraute lächeln. Nein, diese List, diese Verschlagenheit hätte ich der jungen Frau nie zugetraut. Oder war es nur ein Akt der Rache für die Demütigungen, die sie hatte ertragen müssen und immer noch erträgt? Ich kann sie verstehen. Vielleicht besser, als sie es sich vorzustellen vermag. Auch ich habe in meiner Ehe Kinder gewollt und eine nie verwundene Enttäuschung erlebt. Und die Schuld – soweit man von Schuld reden kann – lag nicht bei mir. Doch im Gegensatz zu mir wird Barbara Mutter werden.

Und während meines Heimwegs nahm ich mir vor, zu ihr zu halten, ganz gleich, welche Schmach und Schande man über sie auszugießen versuchen würde.

* * *

Jähzorn ist ein schweres Lebensgepäck. Anstatt ruhig zu diskutieren und somit meinen Standpunkt zu vertreten, riß ich heute in der Redaktion meine Arbeiten an mich und lief davon, und das, ohne zu bedenken, wie sehr ich auf diese, wenn auch geringen Einnahmen angewiesen bin. Es wird höchste Zeit, daß ich meinen Urlaub antrete, um einmal nichts mehr von dem Tratsch zu hören, der nun auch noch zusätzlich die Runde macht, nämlich, daß die junge Frau Stein an dem tödlichen Unfall ihres Mannes keineswegs unschuldig sei. Aber davon später.

Wie an jedem Dienstag saß ich im Zeitungsgebäude Herrn Gallmann, dem Redakteur, gegenüber. Er ließ diesmal Kaffee kommen, und während er meine Arbeiten überflog, dachte ich: Warum nur muß er sein Gesicht hinter einem völlig unmodernen Bart verstecken? Er, der Vierzigjährige, wirkt dadurch wesentlich älter.

„In Ordnung“, sagte er und legte meine Kolumnen aus der Hand.

Als die Sekretärin dann die Tür wieder hinter sich zugezogen hatte, verwickelte er mich nach einigen belanglosen Fragen in ein Gespräch über die Zukunftsaussichten unserer Stadt. Er malte sie in den rosigsten Farben. „Was sagen Sie dazu, Frau Frey, daß es unserem Bürgermeister gelungen ist, die Firma Braun zu bewegen, ihren Standort hier bei uns zu wählen?“

„Tja, was soll ich dazu sagen? Er wird das doch wohl nicht allein bewerkstelligt haben!“

„Allein nicht, dennoch ist es überwiegend seiner Initiative zu verdanken. Die Firma hatte die Auswahl, und wenn er den Zuschlag bekam, so ist das seiner Verhandlungszähigkeit, seinem Geschick zu verdanken. Und wenn man bedenkt, was das für unsere Stadt bedeutet, welche Vorteile das für die Einwohner bringt . . .“, ereiferte er sich. Und während er so sprach, spielte er nervös mit seinem Kugelschreiber.

Ich rührte in meinem Kaffee und wartete auf einen Hinweis, worauf er wohl hinauswollte.

„Unsere Bürger haben mit diesem Mann eine gute Wahl getroffen“, sagte er. „Und wir als Zeitung müssen ihn unterstützen. Wir müssen alles dafür tun, daß er uns auch nach den nächsten Kommunalwahlen erhalten bleibt. Bedenken Sie, Frau Frey, der Bau-Boom, der jetzt auf uns zukommt . . . Die Stadt wird eine ungeahnte Größe erlangen, neue Arbeitsplätze können geschaffen werden, und das drückende Flüchtlingsproblem kann man vielleicht auf diese Weise besser bewältigen. Außerdem beabsichtigt die Firma, Bauwilligen günstige Kredite zur Verfügung zu stellen, natürlich unter der Bedingung, daß dann die Bauherren an deren Mitarbeiter vermieten. Aber was macht das schon? Da gibt es schon einige Pfiffige, die wollen ihr Häusle bauen, beabsichtigen aber vorerst nicht, selbst einzuziehen, sondern es zu vermieten, so lange zu vermieten, bis die Kredite weitgehend durch die Mieteinnahmen zurückgezahlt sind.“

„Ja“, sagte ich, „schön und gut, Herr Gallmann, . . .“

„Das ist noch nicht alles“, unterbrach er mich, „die Stadt wird sich erneuern. Vieles, was an Kommunalem ansteht, wird durch die Steuereinnahmen zu bewerkstelligen sein. Und denken Sie doch bloß an die Gehälter, Frau Frey, die die Firma auszahlt. Sie werden doch weitgehend hier im Ort bleiben, hier ausgegeben werden. Welcher Aufschwung für die Geschäftsleute! Da müssen wir doch als Zeitung unser Möglichstes tun, diesen tüchtigen Mann zu unterstützen, damit er auch bei der nächsten Wahl die Mehrheit erhält. Es gibt da genug Querköpfe, die ihm ans Leder wollen, die Gerüchte schüren, und nun setzt ihn auch noch seine Schwiegertochter in ein schlechtes Licht!"

Aha, dachte ich, jetzt läßt er die Katze aus dem Sack. „Aber Klatsch und Tratsch gibt es immer", sagte ich. „Was hat unsere Zeitung damit zu tun?"

„Haben Sie eine Ahnung! Gerade wir müssen auf alles achten, was das moralische Empfinden unserer Leser verletzen könnte." Er strich sich über seinen Bart. „Das ist es, worüber ich mit Ihnen reden will, Frau Frey. Bitte verstehen Sie mich nicht falsch. Ich bin kein Moralprediger." Er blinzelte mir zu und lächelte verständnisheischend. „Es geht um unsere Leser. Sie sind doch, wie ich höre und sehe, mit der jungen Frau Stein befreundet."

„Das bin ich!"

„Könnten Sie . . .", er druckste herum, „wie soll ich es sagen, könnten Sie als unsere ständige Mitarbeiterin den Umgang mit dieser Frau Stein nicht einschränken? Wenigstens in der Öffentlichkeit? Wie gesagt: aus Rücksicht auf unsere Leser."

„Leser?" fragte ich. „Sie meinen doch an allererster Stelle unser Stadtoberhaupt!"

„Ehrlich gesagt, er sieht es nicht gern, wenn Sie sich in aller Öffentlichkeit, wie kürzlich im Konzert, mit der jungen Frau Stein zeigen. Er möchte, daß das Gerede, das über ihn im Umlauf war, weil seine Schwiegertochter da oben Knall und Fall auszog, und jetzt – na, Sie wissen schon – neue Nahrung erhalten hat, endlich mal zur Ruhe kommt."

In mir brodelte es. Ich fand, das ging zu weit. Und in einem Ton, den ich absolut nicht anzuschlagen gedacht hatte, sagte ich : „Mit anderen Worten: Sie erwarten von mir, Herr Gallmann, daß ich eine in Not geratene Freundin – schuldig oder unschuldig, das sei dahingestellt – im Stich lassen soll. Finden Sie das christlich?

Und halten Sie das Leben unseres Bürgermeisters für so moralisch, daß er mit Steinen werfen könnte?" Ich konnte mir ein boshaftes Lächeln nicht verkneifen, und ich kam mir dabei vor wie ein Kind, das sagt: „Ich weiß etwas, was du nicht weißt." Und ich dachte: Der Herr Bürgermeister kann nur hoffen, daß dies nie ans Tageslicht kommt, denn wenn sich auch sonst Männer vom Schlage unseres Bürgermeisters unter Stammtischfreunden mit ihrer Potenz brüsten, so wird er, was das betrifft, sich wohl der Lächerlichkeit aussetzen. Er aber scheint nichts zu ahnen. Er möchte seine Schwiegertochter wie in alten Zeiten am liebsten an den Pranger stellen.

Ich griff nach meiner Arbeit, die noch auf dem Tisch lag, und stand auf: „Wenn Sie meinen, Herr Gallmann, ich könnte mit meinem Namen der Zeitung schaden, dann bleibt mir nichts anderes übrig, als meine Mitarbeit einzustellen."

„Aber Frau Frey, es geht doch nicht darum, was ich denke. Verstehen Sie das bitte, wir als Zeitung müssen Rücksicht nehmen."

„Und diese Rücksicht geht so weit, daß man den Mitarbeitern vorschreiben kann, mit wem sie Umgang pflegen dürfen oder nicht?" fragte ich. „Ich denke, es herrscht Pressefreiheit!"

„Wer ist schon frei", erwiderte er. „Wir alle sind mehr oder weniger abhängig." Auch er war aufgestanden. „Nehmen Sie doch bitte wieder Platz", bat er.

Ich überhörte es. „Ich bin frei", sagte ich, „und nehme mir die Freiheit, meine Freunde nach eigenem Gutdünken auszusuchen. Sagen Sie das bitte unseren hohen Herren." Ich rauschte hinaus, und während ich eilig die Gasse entlanglief, ärgerte ich mich bereits über mein Verhalten.

Wie gesagt, ich hätte besser in aller Ruhe mit ihm

diskutieren sollen. Die Lücke, die ich hinterlasse, wird schnell geschlossen werden. Studienrat a. D. Brummer wartet schon lange darauf, mich ersetzen zu dürfen.

Und während ich das dachte, lief mir Hertha Sommer über den Weg: „Wohin so stürmisch", fragte sie. „Du siehst verärgert aus, Marianne."

„Das bin ich auch", erwiderte ich. „Es gibt da einige Leute, die verübeln mir den Umgang mit der netten Frau Stein."

„Na ja, na ja", sagte sie, „ich verstehe dich auch nicht."

Und schon wieder ärgerte ich mich, den Mund aufgetan zu haben. Hertha Sommer ist eine nette, hilfsbereite Person, und unsere Freundschaft, wenn auch locker, besteht seit Jahren, doch bei ihr hier Verständnis zu finden, war von vornherein aussichtslos. Sie ist eine Person mit strengen Grundsätzen, geradlinig.

„Und warum verstehst du mich nicht?" fragte ich dennoch.

„Daß du dich von dieser Frau nicht fernhältst! Ihr Benehmen ist doch schon merkwürdig. Und weißt du, was das Mädchen – wie heißt sie denn gleich . . ., ich komme nicht darauf . . ., ist ja auch egal – jedenfalls das Mädchen, das seinerzeit da oben bei Steins diente – inzwischen arbeitet es im Altersheim –, herumerzählt?"

„Was denn?"

„Die junge Frau habe am Tag des Unfalltodes ihres Mannes gesagt, sie sei bei einem Rechtsanwalt gewesen, um ihre Ehe aufheben zu lassen."

„Wieso aufheben?"

„Das weiß ich nicht. Das Mädchen will es jedenfalls gehört haben, als sie im Begriff war, ins Zimmer zu gehen. Sie sei erschrocken stehengeblieben. ‚Wenn du das tust', habe der junge Herr seine Frau angeschrien, ‚wenn du das tust, bringe ich mich um.' Anschließend habe er die Tür aufgerissen, sei wie ein Wilder an ihr vorbeigestürmt, und wenig später habe sie den Motor aufheulen und ihn davonrasen hören. – Und was bei dieser Raserei herausgekommen ist, wissen wir alle."

„Seit wann gibst du etwas auf solches Geschwätz, Hertha", fragte ich.

„Du mußt doch zugeben, Marianne, irgend etwas Wahres ist doch immer daran."

Ich lenkte das Gespräch auf andere Dinge, indem ich fragte: „Wie ist deine Augenarzt-Untersuchung verlaufen?"

Sie ging sofort darauf ein und berichtete mir lang und breit und sehr ausführlich.

Nun bin ich zurück und ärgere mich noch immer über mich und den neuen Klatsch, den diese Hausgehilfin Edeltraud in die Welt setzte. Ich muß Barbara mal daraufhin ansprechen, doch weder heute noch morgen. Das Leben in unserer Stadt ist für mich im Augenblick nicht angenehm, und es ist wirklich an der Zeit, daß ich mal meinen Koffer packe, um von hier fortzukommen.

* * *

Morgen früh um acht Uhr geht mein Zug. Ich bin müde. Einige Tage voller Laufereien und Besuche, die mich ärgerten, weil sich alles gegen die schwangere junge Witwe verschworen zu haben scheint. Welch ein Pharisäertum!

Nur meine alte mütterliche Freundin Hildegard zeigte warmes Verständnis, doch ihr Herz wird immer müder, und ich nahm von ihr mit großer Sorge Abschied. Zweimal war ich dann noch im Altersheim, wo sich Fräulein Hansmann einsam fühlt, weil sie dort als Baltin keinen Anschluß findet.

Die alte Frau Meier habe ich gegen Abend besucht. Auch sie ist schrecklich verbittert und nimmt alles schwer. Ich glaube Glück empfindet nur der Dankbare.

Zu dem fünfzigjährigen Geschäftsbestehen von Elsmanns wurde ich nicht eingeladen. Nun gut, das muß ich hinnehmen.

Oft wünsche ich mir jetzt, ich wohnte in einer Großstadt, in der man sich eine Art Anonymität bewahren könnte. Aber ich wohne hier, bin hier an diesen Platz gestellt, und ich bin fest davon überzeugt, daß ich mich hier zu bewähren habe.

Von Barbara nahm ich heute in ihrer Mittagspause Abschied. Sie ist rundlich geworden, wirkte aber froh: „Ach, Frau Frey, das Kränkende habe ich hinter mir gelassen. Mögen die Menschen denken, was sie wollen, wichtig ist die Selbstachtung, verstehen Sie? Und die habe ich wiedergewonnen. Nur manchmal . . .", gab sie zu, während sie mir Konfekt anbot, „manchmal, wenn ich an mein Kind denke, das vielleicht einmal fragen wird: ‚Wer ist mein Vater?' und dem ich dann vielleicht die Antwort verweigern muß, weil es mich nicht verstehen könnte, wollen Gewissensbisse in mir aufsteigen. Aber Gott weiß, nur dieser Weg konnte mich retten."

Ich drang nicht weiter in sie. Außerdem, ihre Mittagspause ging dem Ende zu, und auf mich wartete das Kofferpacken. So fiel das Abschiednehmen kurz aus.

„Schreiben Sie mir bitte", bat sie. Ich versprach es.

Nun freue ich mich auf die Reise und aufs Spazierengehen. Und natürlich auf die ungestörte Arbeit an meinem Kinderbuch, unter dessen Manuskript ich spätestens im Herbst den Schlußpunkt zu setzen gedenke. Von dem neuen Gerücht, das jene Edeltraud in die Welt gesetzt hat, scheint Barbara noch nichts zu wissen. Wie so oft bestätigt sich wieder einmal die Tatsache, daß derjenige, den der Klatsch betrifft, erst als letzter davon erfährt.

* * *

Ich bin gut angekommen, habe mich umgesehen und schreibe nun gleich an meinen Schützling:

„Liebe Barbara!

Ach, wenn Sie mir dort im Sessel gegenübersitzen könnten! Es ist so gemütlich und so still in meinem Pensionszimmer. Auf dem kleinen Schreibtisch, den mir meine Wirtin auf meinen Wunsch hin hereinstellen ließ, habe ich meine Arbeit ausgebreitet. Ich hoffe doch, hier in dieser Umgebung ein gutes Stück weiterzukommen.

Der Blick aus dem Fenster führt in den Garten. Das Jahr ist auf dem Höhepunkt. Linden und Rosen blühen, und die Heuernte ist vorüber, also laßt uns mit dem vorliebnehmen, was uns bleibt, sage ich mir, und das ist noch genug des Schönen.

Gestern feierte der Ort Sonnenwende auf dem Platz unten im Tal. Ich stand am Fenster und sah hinüber zum Lichterdurcheinander der Lampions und zum Feuerschein und darüber hinaus zu den sanft schwingenden Höhen mit den hohen Bergen als Abschluß. Der Mond, der morgen voll wird, guckte immer wieder durchs Gewölk. Es war unbeschreiblich schön, und ich dachte zu Ihnen hinüber.

Wie gut, daß Sie neuen Lebensmut haben und so tapfer in die Zukunft schauen, auch wenn mich, das muß ich zugeben, beim Nachdenken über Ihr Schicksal oder wie man es nennen will, zwiespältige Gefühle beschleichen. Aber ich denke, Sie werden das, was auf Sie zukommt, meistern und durchhalten, wenn man über Sie herfällt und das Lästern unerträglich wird.

Vielleicht ziehen Sie fort und beginnen irgendwo neu? Das alles wird sich zeigen.

Schreiben Sie mir, liebe Barbara!

Ich grüße Sie für heute von ganzem Herzen

Ihre Marianne Frey"

Müde von einer Wanderung heimgekehrt, fand ich Barbaras Antwortbrief vor.

„*Liebe Frau Frey*", schrieb sie unter anderem, „*ich kann gut verstehen, daß Sie das, was ich getan habe, unbegreiflich finden. Mir geht es ja selbst so. Aber es ist geschehen, und ich werde keinesfalls fortziehen, sondern mein Kind hier zur Welt bringen, um somit diesem Mann vor Augen zu führen, was für ein Heuchler er ist.*

Natürlich weiß ich, liebe Frau Frey, wie schwer der Weg sein wird, denn ich höre, wie die Nachbarn und die Leute in der Stadt über mich reden.

‚Die hat ihren Mann in den Tod getrieben', sagen sie, ‚die wollte sich scheiden lassen. Vielleicht war da schon der Neue im Spiel, der, von dem sie jetzt das Kind erwartet. Man hört und sieht nichts von ihm. Er hat sie wahrscheinlich sitzenlassen.'

Ja, liebe Frau Frey, ich scheine eine Sensation zu sein. Sie grüßen mich nicht, gehen, wenn sie mich kommen sehen, auf die andere Straßenseite oder starren mich an, als wäre ich ein Unmensch.

Natürlich bedrückt es mich maßlos, daß Gerd, nachdem ich ihm meinen endgültigen Entschluß mitgeteilt hatte, tödlich verunglückte. Vielleicht hätte ich ihn erneut zurückhalten müssen. Aber man kann sich nicht sein ganzes Leben lang erpressen lassen.

Ich kann nicht darüber schreiben, es tut zu weh. Ich muß an mein Kind denken. Dennoch wäre es schon gut, wenn jemand alles wüßte. Man weiß ja nie, was die

Zukunft bringt. Deshalb eine Frage, liebe Frau Frey. Ich habe eine Zeitlang Tagebuch geführt. Würden Sie sich die Mühe machen, es zu lesen und es dann aufzubewahren?

Heute nur soviel. Ich freue mich so auf mein Kind! Stellen Sie sich vor, ich spüre bereits, wie es sich bewegt."

Ich legte Barbaras Brief aus der Hand und schaute regungslos aus dem Fenster.

Ach, Barbara, dachte ich, was hast du dir da eingebrockt? Wie soll das enden?

Und nun wünschst du, daß ich dein Tagebuch lese. Ob du dir da nicht die Falsche ausgewählt hast? Im Grunde fehlt mir das Organ für Psychoanalyse. Ich bin so geartet, daß ich alles im hellen Tageslicht betrachten möchte, ganz gewiß nicht zergliedern, was da aus dunklen Gründen hervorgezerrt wird.

Im Radio gibt es ja solche Vorträge – das Miteinander in Ehen und Familien wird gedeutet und beschwatzt. Da muß man sich irgendwie falsch behandelt vorkommen. Man gibt den anderen die Schuld.

Aber ich kann mich wohl Barbaras Wunsch nicht entziehen.

Deshalb setzte ich mich gleich hin und schrieb:

„Liebe Barbara!

Es ist lieb, daß Sie Vertrauen zu mir haben, und das dürfen Sie auch.

Aber manchmal ist es besser zu schweigen. Vielleicht bereuen Sie später einmal Ihre Offenheit.

Deshalb sollten Sie es sich gut überlegen, ob Sie mir Ihr geheimes Tagebuch anvertrauen wollen.

Aber wenn es Sie beruhigt, will ich es gern lesen.

Wie Sie sich auch entschließen mögen, Sie dürfen mit meiner Hilfe rechnen."

Ich brachte den Brief noch zur Post, und ich brauchte nicht lange auf Antwort zu warten. Sie kam in Form eines Päckchens, das Barbaras Tagebuch enthielt, und in ihrem beigelegten Brief schrieb sie:

„Liebe Frau Frey!

Ich danke Ihnen, daß Sie mich so behutsam auf die Möglichkeit aufmerksam gemacht haben, daß ich meine Offenheit später bereuen könnte. Aber ich habe großes Vertrauen zu Ihnen. Und man weiß ja nicht, ob die Geburt meines Kindes normal verläuft.

Sollte ich sterben, dann weiß wenigstens ein Mensch, wie alles gewesen ist und warum und wieso ich so gehandelt habe.

Außerdem habe ich eine Bitte, nämlich im Falle meines Todes den beiliegenden verschlossenen Brief meinem Schwiegervater zu übergeben: Eine Kopie werde ich bei dem Rottweiler Rechtsanwalt hinterlegen. Ich hoffe, auf diese Weise mein Kind absichern zu können.

Ich danke Ihnen vielmals und wünsche Ihnen von Herzen gute Erholung.

Was mich betrifft, so kann ich es kaum erwarten, daß Sie wieder daheim sind.

Liebe Grüße *Barbara“*

Ich legte Barbaras Brief aus der Hand, und bevor ich ihr Tagebuch zu lesen begann, ging ich noch ein wenig hinaus in den Wald.

Wie gesagt, ich scheute mich davor, in Barbaras Geheimnisse vorzudringen. Was sie auch notiert haben mochte, es konnte das Geschehene nur bruchstückhaft wiedergeben, und im Grunde meines Herzens liebe ich keine Vertraulichkeiten, die später bereut werden könnten und somit oft eine Freundschaft zerstören.

Aber sie war die Nichte meiner verstorbenen Freundin, und sie befand sich in einer Ausnahmesituation.

Daß Barbara und Gerd nicht glücklich gewesen waren, hatte ich schon mitbekommen. Dabei schien es doch, als hätten die beiden sich geliebt.

Ich weiß auch noch, wie sehr sich seinerzeit Els sorgte, weil sie wußte, daß ihre Nichte Gerds Vater nicht willkommen sein würde und er alles versuchen könnte, diese Ehe zu verhindern.

„Hoffentlich kommt sie mir nicht mit einem unehelichen Kind heim! Bei der heutigen Jugend, die keine Grenzen mehr kennt, ist das alles möglich“, lamentierte sie damals.

Die Ehe kam durch eine Art Erpressung zustande, und das war mir bekannt.

Vielleicht wäre alles anders gekommen, wenn Gerds Mutter noch gelebt hätte. Frauen glätten manches. Ich kannte Gerds Mutter nur flüchtig, traf sie meist nur auf Gesellschaften, besonders bei meiner Freundin Hildegard, die seinerzeit eine Art Literarischen Kreis ins Leben gerufen hatte, zu dem auch ich geladen war.

Gerds Mutter war eine intelligente Schwäbin, die nicht so recht zu ihrem robusten, vierschrötigen, aber immerhin tüchtigen Mann zu passen schien. Sie konnte lange Seiten von Homer und den halben Hölderlin zitieren, fotografierte künstlerisch, und sie fehlte trotz ihres großen Haushaltes in keinem Konzert.

Es war für Gerd wohl eine Tragik, daß sein älterer Bruder im Krieg fiel, so blieb der Mutter nur das Nesthäkchen Gerd, das sie ganz zu sich zu ziehen schien.

Aber dann kam ihr langsames Sterben. Ob das ihr Sohn wohl je überwunden hatte? Was weiß man schon von seinem Nächsten? Wir alle tragen Masken, und nicht nur zur Fastnachtszeit. Und wir müssen sie wohl tragen, weil kaum jemand imstande ist, des Nächsten Schicksal zu erfühlen.

Ich kam ins Grübeln, deshalb ging ich zurück in meine Pension, ließ mir Tee auf mein Zimmer bringen und schlug Barbaras Tagebuch auf.

* * *

ZWEITER TEIL

Barbaras Tagebuch

Karfreitag

Ich sitze im Zug und schaue aus dem Fenster. Es regnet heute ununterbrochen. Dennoch ist Freude in mir, nur noch fünf Stunden, dann bin ich in meiner neuen Heimat. Und ich habe das Gefühl, erst dort beginnt mein wirkliches Leben.

Alles, was bisher war, kam mir provisorisch vor, sozusagen als Zwischenstation. Mein Kopf ist voller Pläne. Vielleicht finde ich dort einen Job im Büro, denn mein Wunsch ist, nicht mehr auf Taschengeld angewiesen sein zu müssen.

Tante Gertrud steckte mir zum Abschied noch einen Hunderter zu. Trotz ihrer veralteten Ansichten, mit denen sie mich manchmal plagte, habe ich ihr vieles zu verdanken. Sie ersparte mir nach der Übersiedlung aus der Ostzone den Aufenthalt in Lagern, ließ mich die Handelsschule besuchen – das Abschlußzeugnis habe ich in der Tasche–, und sie kleidete mich ein. Allerdings mußte ich mich sehr nach ihrem Geschmack richten. Petticoats und Corsagenkleider mit freiem Rücken und die Nylons mit schwarzer Naht duldete sie nicht. Lippenstift und Nagellack mußte ich mir heimlich kaufen, ging damit zu Sabine und machte mich dort zurecht.

Auf Sabine hatte sie einen Kieker. „Das ist doch kein Umgang für dich, sie kommt ja wie ein Tuschkasten daher", sagte Tante Gertrud. Dabei war Sabine meine beste Freundin. Bei ihr konnte ich mich ausquatschen, konnte ihr von meinen Plänen erzählen und von all dem, was ich als Kind auf der Flucht mitansehen mußte, die Vergewaltigung von Frauen durch russische Soldaten. Auch davon, wie meine Mutter plötzlich vor Schwäche umfiel und starb.

Auch Sabine teilte mir ihre Geheimnisse mit, und wenn sie Liebeskummer hatte, was oft geschah, heulte sie sich bei mir aus.

Wir hielten zusammen, und ich nahm den Streit mit Tante Gertrud in Kauf. Doch das will ich alles vergessen. Mit diesem Tagebuch, das mir Sabine zum Abschied in die Hand drückte, soll das neue Leben beginnen. Ich will alles so genau wie möglich aufschreiben, um später meine Lebensgeschichte nachlesen zu können. Ob sie spannend wird?

Sabine bekam das Tagebuch mal zum Geburtstag geschenkt. „Was soll ich mit dem Ding? Nimm du es, du schreibst doch gern", sagte sie.

Gern schreiben ist zuviel gesagt; Tante Els, zu der ich jetzt fahre, erwartete es. Ihre Briefe klangen ganz nett. Was mich reizt, ist die Gegend, in der sie wohnt. Das Städtchen soll sehr hübsch liegen, und Arbeitsplätze soll es dort auch geben. Wenn ich erst mal selbstverdientes Geld im Portemonnaie habe, wird die Welt ganz anders aussehen. Am liebsten würde ich natürlich heiraten und eigene Kinder haben. Die Sehnsucht nach einer Familie ist in mir sehr groß. Vielleicht deshalb, weil ich keine eigene mehr habe.

Der Zug hält, es stürmen eine Menge Leute ins Abteil, werfen ihre Koffer ins Gepäcknetz. Also Schluß mit der Schreiberei!

* * *

Samstag vor Ostern

Nun habe ich schon die erste Nacht in der neuen Heimat hinter mir. Es scheint wirklich ein hübsches Städtchen zu sein. Gestern abend bei meiner Ankunft habe ich ein wenig davon gesehen. Es nieselte, doch heute morgen sprang ich schon mal kurz aus dem Bett, öffnete die Fensterläden – und siehe da, die Sonne schien! Direkt vor meinem Fenster steht ein Pfirsichbaum, er hat bereits Knospen.

Tante Els wohnt auf einer Anhöhe, und unten durch das Tal schlängelt sich, wie ich sehen konnte, ein Fluß. Auf der gegenüberliegenden Höhe thront eine gewaltige Kirche.

Jetzt bin ich aufgestanden und sitze an dem wuchtigen Schreibtisch. Die Möbel wirken in dem Zimmer, das mir Tante Els zur Verfügung gestellt hat, viel zu schwer. Sie passen nicht in eine Neubauwohnung.

Und während ich hier sitze, überlege ich, wie ich mir das Zimmer einrichten würde, wenn ich das Geld dafür hätte. Einen Kleiderschrank von Wand zu Wand, vielleicht eine Schubladenzone unter dem Fenster, deren Schreibtischplatte gleichzeitig als Frisiertisch dienen würde, einen hübschen Spiegel, eine Schlafcouch mit Bettkasten und natürlich einen dieser Nierentische, die jetzt modern sind, und dazu einen Schalensessel! An der Wand einen Druck von Picasso und helle Vorhänge am Fenster! Aber all das wird vorläufig ein Wunschtraum bleiben müssen! Hätte ich das Sagen, so würde ich mir die Nußbaummöbel ganz schnell weiß anstreichen und mit lindgrüner Farbe absetzen. Ich glaube, dann würden sie weniger erdrückend wirken. – „Aber langsam mit den jungen Pferden!" sagte mein Vater oft. Er ist 1945 im Osten gefallen!

Jedenfalls bin ich, wie gesagt, gestern abend gut an-

gekommen, und mir wurde gleich ein gutaussehender junger Mann vorgestellt! Tante Els holte mich nämlich zusammen mit ihrer Freundin, einer Frau Frey, vom Bahnhof ab!

Wir standen an der Gepäckausgabe und warteten darauf, daß uns der mürrische ältere Bahnbeamte meine Koffer aushändigte. Da trat der junge Mann zu uns und fragte Tante Els, ob er uns behilflich sein könne, sein Wagen stehe auf dem Parkplatz. Tante Els war hocherfreut, denn es nieselte. Sie machte uns miteinander bekannt; er heißt Stein, ein Name, der überhaupt nicht zu ihm paßt, denn er wirkt jungenhaft und charmant. Und ich muß nochmals sagen: Er gefällt mir.

Ob das auf Gegenseitigkeit beruht, muß ich bezweifeln, denn nach dieser langen Bahnfahrt im vollen Abteil wirkte ich – wie ich später im Spiegel feststellte – ziemlich zerzaust! Er fuhr erst Frau Frey nach Hause, dann uns auf die Anhöhe. Und er trug sogar noch meine Koffer hinauf.

Was mir besonders imponierte, war sein zuvorkommendes Benehmen, was ich gar nicht mehr gewöhnt bin. Die Burschen in Hersfeld schlugen einen anderen Ton an. Manchmal hatte ich das Gefühl, sie ahmten die Helden in Cowboy-Filmen nach, je lässiger um so besser. Manche von ihnen gefielen sich im Elvis-Presley-Stil.

Aber was soll's? Schon beim Tee zerstörte Tante Els meine aufkeimenden Illusionen. Sie erzählte, er sei der Sohn des hiesigen Bürgermeisters und noch dazu enorm reich. Und das Aufregendste sei, daß diese Familie bald noch mehr im Geld schwimmen werde, weil dieser Gerd Stein nämlich die Tochter eines großen Bauunternehmers heiraten wolle.

„Wie schön für ihn", sagte ich, spürte aber zu meiner Überraschung, wie enttäuscht ich war.

Warum schreibe ich das eigentlich auf? Er ist ja nicht der einzige schöne Mann auf der Welt. – Für mich wohl doch, denn so auf Anhieb hat mir noch kein Mann solches Herzklopfen verursacht.

Im Korridor tut sich etwas, Tante Els scheint ausgeschlafen zu haben.

* * *

Abends

Mit Tante Els durch die Stadt zu gehen ist eine Strapaze. Überall muß sie stehenbleiben, um jemanden zu begrüßen.

„Ach, das ist Ihre Nichte? Wie hübsch!" – „Was haben Sie für Pläne, Fräulein?"

Tante Els erspart mir meist die Antwort, indem sie sagt: „Noch nichts Konkretes. Sie wissen ja, meine Nichte stammt aus Danzig, verbrachte einige Jahre in der Ostzone und ist inzwischen zweimal volljährig geworden – drüben mit achtzehn und jetzt bei uns mit einundzwanzig."

Was sie nicht erwähnte war das, daß ich gleich nach Kriegsschluß in einer Bäckerei als Ladenmädel arbeitete, weil Frau Hellmann, unsere ehemalige Zugehfrau, die mich nach dem Tod meiner Mutter in die Arme nahm und die mit mir die Flucht fortsetzte, meinte, in einer Bäckerei brauchte ich wenigstens nicht zu hungern.

Jedenfalls werde ich nun erst einmal herumgereicht. Wir erhielten eine Menge Einladungen. Das paßt mir gar nicht, denn ich möchte mir so schnell wie möglich einen Job suchen.

Tante Els allerdings scheint andere Pläne mit mir zu haben. Heute morgen beim Frühstück sagte sie zu mir: „Wie schade, daß du deine höhere Schulbildung abbrechen mußtest, du solltest wenigstens Englisch und Fran-

zösisch beherrschen! Vielleicht kann ich dich zu einem solchen Kurs anmelden. Und ich kann dich dann beim Lernen unterstützen und mit dir üben."

„Ach, Tante Els, so ein Kurs kostet Geld."

„Ich werde es aufbringen, das bin ich meiner Schwester schuldig", antwortete sie, und ihr Gesicht wirkte entschlossen.

Wenn ich sie so betrachte, kann ich mir überhaupt nicht vorstellen, daß sie Mutters Schwester ist. Sie ist im Gegensatz zu Mutti, die ich als weich und etwas rundlich in Erinnerung habe, tannenschlank, um nicht zu sagen dürr. Und natürlich ist sie inzwischen über fünfzig.

Sie scheint ein hohes Ansehen zu genießen, was für mich Vor- und Nachteile haben kann, denn ich stehe nicht gern im Rampenlicht. Übrigens redet man sie hier mit dem Titel meines verstorbenen Onkels Karl an; „Frau Studienrat" sagen die Leute zu ihr. Sie meint: „Man kann es den Leuten ja nicht abgewöhnen."

* * *

Erster Osterfeiertag

Was war das für ein Geräusch? Es hatte mich wohl geweckt, und ich rieb mir die Augen und lauschte. War es über mir oder unter mir? Es hörte sich so an, als schiebe jemand Möbel hin und her.

Ich schaute nach draußen. Abgesehen von dem schrecklichen Geräusch ist es sehr still hier oben, wo Tante Els wohnt.

Die Kirchenglocken begannen zu läuten. Ich sprang aus dem Bett, huschte ins Bad, duschte und kleidete mich an. Was wird der Tag bringen? Tante Els sprach gestern von einem Kirchenbesuch und von einer gemeinsamen Wanderung.

Am Frühstückstisch klärten sich auch die Geräusche auf: „Ach, das ist Herr Schwarz, unser Hausbesitzer, auf seiner Nähmaschine; er ist Schneidermeister. Das hört sich so an."

„Heute zum Feiertag näht er?"

„Das nimmt der nicht so genau. Soviel ich weiß, näht er neuerdings für die Post oder Bahn Uniformen. Man debattiert ja auch schon über eine Bundeswehr. Es kann durchaus sein, daß er unter Termindruck steht", sagte sie.

Und dann lernte ich unseren Hausbesitzer kennen. Die Kirchenglocken läuteten zum zweiten Mal. Ich räumte den Frühstückstisch ab, da klingelte es. Draußen stand ein etwas schiefer älterer Mann mit einer drolligen Pudelmütze auf dem Kopf, in der Hand einen Krug.

„Hier für Ostern ein paar Schlückle Most", sagte er. „Gießen Sie ihn gleich um, und ich nehme den Krug wieder mit. Meine Frau braucht es ja nicht zu wissen", flüsterte er lächelnd, um Verständnis heischend.

Tante Els tat erfreut.

„Na, hoffentlich fühlt sich Ihre Nichte wohl bei uns!"

„Aber sicher", erwiderte ich freudig, „so ein schönes Haus und so ein schönes Land!"

„Ja, ja, es heißt ja nicht umsonst das Musterländle", stimmte er begeistert zu, „hier hat der Herrgott seine Schöpfung ausprobiert, hier hat er erst einmal sehen wollen, ob's gelingt mit den Wäldern und Feldern, den Baumwiesen und Anhöhen, den Schluchten und Tälern, durch die sich die Flüßle schlängeln.

Und wie es gelungen ist!" sagte er stolz. „So alles beieinander, das gibt's nirgends sonst, nicht wahr, Frau Geiger?"

Meine Tante stimmte zu.

„Dennoch", meinte er einschränkend, „so große Höfe und Güter wie drüben in der Zone –", er wiegte den Kopf, „ich war nämlich mal vor dem Krieg dort –, die gibt's hier nicht."

„Drüben auch nicht mehr", entgegnete ich, „sie sind der Bodenreform zum Opfer gefallen."

„Ach ja? Ich hörte davon. Ein Jammer, ein Jammer!" klagte er.

„Hier bei uns gab es nie Güter, hier gibt es nur kleine Bauern, draußen auf den Dörfern mit zwei, drei Kühen im Stall, das Land ist karg. Allerdings hier bei uns im Ort – früher war das ja die Stadtgrenze – gibt es schon so etwas wie ein Gut. Seinerzeit, als der Alte noch lebte, in meiner Kindheit und Jugend, war das so eine Art Lehrgut, hübsche Mädle lernten dort die Hauswirtschaft. Das war was!" strahlte er. „Aber ein solches Lehrgut ist es schon lange nicht mehr. Der jetzige Besitzer hat andere Ambitionen, wie man so schwätzt. Na, der stammt ja auch nicht von hier, er kommt aus dem Badischen. Der interessiert sich nur für sein Bürgermeisteramt, und wie man schwätzt, will er noch Landrat werden. Und der Junge . . ." Er winkte ab.

Tante Els kam mit dem Krug zurück. Er zog seine Taschenuhr.

„Ach, du Schreck, ich muß mich beeilen, meine Frau wird gleich aus der Kirche zurück sein", sagte er und humpelte die Treppe hinab.

„Er meint den jungen Herrn Stein", sagte Tante, „der uns freundlicherweise vom Bahnhof heimfuhr."

„Ein netter Mensch", meinte ich.

„Ein netter Mensch schon, aber auf einem Hof ist er fehl am Platz. Wir müssen uns fertig machen, in einer halben Stunde beginnt die Kirche."

Tante Els ist ihrem Mann zuliebe zur katholischen Kirche übergetreten.

Bevor wir gehen wollten, klingelte es ein zweites Mal. Diesmal war es Frau Schwarz.

„Hier, ein paar frische Eier", flüsterte sie, „den Korb hole ich ein andermal; mein Mann braucht es nicht zu wissen."

„Verstehe", sagte Tante Els und bedankte sich.

In der Küche mußten wir beide lachen.

„Komische Ehepraktiken!", sagte ich.

„Gar nicht so schlecht", meinte Tante, „in der Ehe kann man ruhig ein paar Geheimnisse haben."

Nein, dachte ich, während ich in den Mantel schlüpfte, wenn ich mal heirate, möchte ich keine Geheimnisse vor meinem Mann haben müssen. Ich möchte ihm alles sagen können.

* * *

Dienstag

Er ist einsame Spitze, dieser Gerd Stein – und nicht verlobt! Wenigstens behauptet er dies.

Ich traf ihn nämlich heute vor dem Rathaus.

Er begrüßte mich mit „Hallo, wie geht's ?" und lächelte charmant. „Wie gefällt es Ihnen, unser Nest?"

„Ganz gut, aber ich habe noch sehr wenig davon gesehen", entgegnete ich und versuchte, sein Lächeln zu erwidern.

„Das ließe sich ändern!", sagte er. „Wenn Sie möchten, würde ich Ihnen gern unser Städtle zeigen. Aber vor allem die schöne Umgebung. Wir könnten mit dem Auto eine kleine Spritztour machen."

Das würde mir schon gefallen, dachte ich.

„Gern, wenn Ihre Verlobte damit einverstanden ist", entfuhr es mir.

Einen Augenblick wirkte er irritiert.

„Wer behauptet, daß ich verlobt bin?"

Jetzt wurde es für mich peinlich. „Ach, ich hörte so etwas", sagte ich und versuchte abzulenken, indem ich auf die Architektur des Rathauses zu sprechen kam.

„Ja, es stammt noch aus dem Mittelalter. Zum Glück wurden wir im Krieg von Bombenangriffen verschont!" sagte er.

„Verlobt", er schüttelte den Kopf. „Was die Leute so daherschwätzen! Sie müssen nicht alles glauben, was hier so erzählt wird."

„Verzeihen Sie, das geht mich ja überhaupt nichts an", sagte ich verlegen.

Er ging ein Stück neben mir her. Schrecklich, wie oft er grüßen mußte! Die Straßen sind hier eng und verwinkelt. Schließlich blieben wir vor einem Kino stehen und betrachteten die Reklame.

Es gab einen Film mit Marilyn Monroe.

So wie sie möchte ich ausschauen, dachte ich eifersüchtig, als ich bemerkte, wie intensiv er ihr Reklamefoto betrachtete. Ich bin zwar nicht häßlich, und ich glaube, ich habe auch eine ganz gute Figur. In Hersfeld sagte jedenfalls die Verkäuferin eines Modegeschäftes zu mir: „An Ihrer Stelle würde ich mich als Mannequin bewerben, Sie haben die richtigen Maße."

Ach ja, Männer schauen mir schon nach, aber was für welche!

„Wie ist es?" fragte er. „Wollen wir uns den Film ansehen, sagen wir, morgen abend? Es scheint sich zu lohnen." Und wieder strahlte er mich an.

Nichts lieber als das, dachte ich, zierte mich aber: „Ich weiß nicht, ob meine Tante damit einverstanden wäre."

„Sagen Sie bloß, Sie richten sich nach Ihrer Tante! Sie sind doch kein Kind mehr!"

„Das nicht. Aber ich wohne jetzt bei ihr, und ich denke, da muß ich schon Rücksicht nehmen. Vielleicht hat sie mich bereits für morgen verplant."

„Wie ich Ihre Tante einschätze, wäre das möglich. Doch, wenn ich Ihnen einen Rat geben dürfte, ... Ach, was, wie käme ich dazu?" unterbrach er sich lachend.

„Sagen Sie! Raten Sie mir schon!"

„Klären Sie bei Ihrer Tante die Fronten", sagte er, „der erste Krach ist der beste, da weiß jeder gleich, woran er ist."

„Ist das Ihre Methode?"

Er wurde sehr ernst. „Leider nein", sagte er, „ich habe den Zeitpunkt verpaßt. Die Folge ist: es gibt ständig Auseinandersetzungen mit meinem Boß."

„Ihrem Vater?" fragte ich.

„Ja. – Aber das muß sich ändern", fügte er hinzu.

Gleich darauf sah er mich wieder an: „Werden Sie kommen?"

Eine dicke Frau zwängte sich an uns vorbei. Die Bürgersteige sind – wie gesagt – hier ungewöhnlich schmal.

„Nun ja", sagte ich, „vielleicht. Versprechen kann ich's nicht."

Wir unterhielten uns noch eine Weile. Er fragte, wie lange ich zu bleiben gedenke.

„Ich habe mich heute hier polizeilich angemeldet", erwiderte ich.

„Wirklich?" fragte er, und in seiner Stimme schwang Freude mit.

Wir verabschiedeten uns schließlich, und mir war schon eigenartig zumute, als sich zum Abschied unsere Hände berührten und er meine nicht loslassen wollte.

Ich ging beschwingt die Anhöhe hinauf. Ich fühlte

mich wie berauscht und bin es jetzt noch. Sollte ich vielleicht Feuer gefangen haben? Es ist doch sonst nicht so, daß mich ein Mann derart verwirrt.

Ein Problem gibt es noch: Tante Els.

* * *

Mittwoch

Es war wirklich ein Problem, Tante Els beizubringen, daß ich ins Kino wollte, und ich befürchte, es hat einen Riß zwischen uns gegeben. Wir saßen beim Tee und plauderten munter über Tante Gertrud.

„Möchtest du noch Tee, Tante?" fragte ich schließlich. Mir lag das, was ich zu sagen hatte, wie ein Klumpen in der Herzgegend.

„Gern!"

Ich goß ein.

„Tante", sagte ich, „hättest du etwas dagegen, wenn ich heute abend ins Kino ginge? Es gibt da einen netten Film, und der junge Herr Stein – ich traf ihn gestern in der Stadt – hat mich dazu eingeladen."

Sie stellte die Teetasse, die sie gerade zum Munde führen wollte, hart zurück und sah mich erstaunt an.

„Du läßt dich so einfach einladen?" fragte sie streng.

„Na ja."

„Hatte ich dir nicht gesagt, daß er so gut wie verlobt ist?"

„Er ist nicht verlobt. Er meint, es sei nur Gerede."

„Nur Gerede? Es ist so gut wie sicher. Das weiß hier jeder im Ort. Außerdem, sein Vater wird es nicht dulden, wenn du mit ihm anbändelst. Ich werde Ärger bekommen."

Ich muß sie wohl entgeistert angesehen haben, denn sie legte plötzlich ihre Hand auf die meine: „Liebes

Kind, tu es nicht! Du kennst die Verhältnisse hier nicht und nicht seinen Vater. Er ist nämlich nicht nur Bürgermeister, sondern auch Landwirt und ehrgeizig. Er will, daß Geld zu Geld kommt. Und man erzählt sich, sein Sohn, der Gerd, der ja mal den Hof übernimmt, soll eine Frau heiraten, die vermögend ist. Und die gibt es bereits. Sie heißt Ursula Müller, und ihr Vater – übrigens ein Freund vom Bürgermeister – besitzt ein Bauunternehmen. Da paßt alles zueinander."

Für Tante Els, soviel habe ich schon mitbekommen, spielt Geld eine untergeordnete Rolle. Herkunft, Titel und Bildung und vor allem die Ehre sind ihre Ideale.

„Und sein Sohn?" fragte ich.

„Er ist ein Schwächling. Er wird das tun, was sein Vater will. Deshalb warne ich dich, Barbara, bändele nicht mit ihm an; du wirst die Verliererin sein und außerdem deinem Ruf schaden."

Ich war empört; wie konnte sie so etwas behaupten! Aber ich sagte nur: „Tante, ich bin verabredet, soll ich ihn stehenlassen, mein Wort nicht halten?" Und ich fuhr fort: „Wenn ich mit ihm mal ins Kino gehe, muß ich ihn doch nicht gleich heiraten."

„Man verabredet sich nicht mit einem Menschen, den man nicht kennt." Sie stand ruckartig auf und begann, das Geschirr zusammenzuräumen. „Aber du mußt wissen, was du tust", fügte sie kurz hinzu, und ihr Gesicht versteinerte sich zusehends.

* * *

Donnerstag

Es war der schönste Abend meines Lebens, und ich könnte sehr glücklich sein, ginge Tante Els nicht so auf kühle Distanz. Ich kenne sie kaum wieder. Ihr herzli-

cher Ton ist verstummt; ihre sonst noch immer jugendliche Stimme klingt scharf und blechern. Selten hat mich ein Charakter so enttäuscht.

Aber vielleicht bin ich heute zu empfindlich. Morgens, das habe ich herausgefunden, ist sie meistens brummig.

Jetzt ist sie in der Stadt, um Besorgungen zu machen, und diesmal hat sie mich nicht um meine Begleitung gebeten. Und ich bin froh darüber, denn auf diese Weise kann ich ungestört meinen Gedanken nachhängen.

Wie gesagt, der Abend gestern war klasse, und ich glaube, ich habe mich unsterblich verliebt.

Bevor ich zur Verabredung ging, zog ich mich vor lauter Nervosität dreimal um, überlegte ständig, ob ich nicht doch Tante Els' Ratschlag befolgen sollte. Denn wer mag schon einen Menschen, der es gut mit ihm meint, enttäuschen?

Schließlich siegte meine Neugier – und der Wunsch, Gerd wiederzusehen! Außerdem, so sagte ich mir, niemand, nicht einmal Tante Els, kann von mir verlangen, mich schlecht zu benehmen. Und ich hätte eigentlich genau wissen müssen, wie fadenscheinig das war, womit ich mein Gewissen beruhigte; denn ich hatte mich keinesfalls fest verabredet. Vielleicht sieht der Mensch die Dinge gern so, wie sie ihm gut passen!

Nach der dritten Bespiegelung entschied ich mich für den weitschwingenden karierten Glockenrock und das eng anliegende schwarze Oberteil mit Stehbündchen, das mir besonders gut zu meinem Blondhaar stehen soll. Meine Sommersprossen, die mich ärgern, überpuderte ich und zog mir die Lippen nach. Nun war noch die Frage zu lösen, welche Frisur ich wählen sollte: die Pferdeschwanzfrisur oder den neuen Grace-Kelly-Look.

Ich entschied mich für die letztere; sie wirkt damenhafter.

Bevor ich ging, klopfte ich nochmals an die Wohnzimmertür und öffnete sie. Tante Els saß am Schreibtisch und las.

„Ich gehe jetzt, Tante", sagte ich.

„Wenn du meinst", erwiderte sie, ohne den Kopf zu heben.

Ich muß mich so bald wie möglich auf eigene Füße stellen. Es kann doch nicht ewig so weitergehen; denn schon in Hersfeld bin ich gegängelt worden. Soll ich denn niemals tun dürfen, was mir gefällt? dachte ich ärgerlich, während ich die Steffele – so nennt man hier die Stufen, die zur Stadt führen – hinunterstöckelte. Bevor ich Hersfeld verließ, schenkte mir Tante Gertrud diese Hochhackigen, und Sabine überließ mir ein Paar von ihren Nylons mit schwarzer Naht. Sie sind wesentlich haltbarer als die Kunstseidenen. Ach, die Mode ist jetzt bezaubernd, nur Geld verdienen müßte man! Und tun und lassen können, was man will!

Und dann sah ich ihn stehen. Eigentlich fand ich ihn sofort aus der Menschenmenge heraus, die sich vor dem Eingang des Kinos drängte. Charmant lächelnd kam er auf mich zu. „Prima, daß Sie gekommen sind! War es schwierig?"

„Nun ja, jedenfalls nicht einfach, und ich weiß auch nicht recht . . ."

„Kommen Sie, vergessen wir es", sagte er.

„Ich freue mich so auf den Film", erwiderte ich. „Was kostet die Karte?"

„Ich habe keine", sagte er mit einer hilflosen Geste.

„Wie bitte?" fragte ich voller Mißtrauen und dachte an Tante Els' Warnung.

Ich muß ihn wohl entgeistert angesehen haben, denn er sagte: „Nun schauen Sie doch nicht so enttäuscht drein! Ich habe mir wirklich Mühe gegeben, aber es war ausverkauft. Außerdem, der Film läuft noch länger."

„Da kann ich ja wieder nach Hause gehen", erwiderte ich, obwohl ich nicht daran dachte, das tatsächlich zu tun.

„Sie wollen mich wirklich hier alleine stehenlassen?" fragte er in einer so gespielt charmanten Art, daß ich lachen mußte. „Ich denke wir schaffen es noch, uns auch ohne Kino zu unterhalten. Was halten Sie davon, gut essen zu gehen, Fräulein Herbst? – Ach was", fuhr er fort, „ich heiße Gerd. Wollen wir uns nicht von vornherein beim Vornamen nennen? Diese steife Anrede ist nicht mehr zeitgemäß, finde ich."

„Ich weiß", sagte ich, „dieses Beim-Vornamen-Nennen ist aus Amerika 'rübergeschwappt, und ich finde es ganz toll, jedenfalls wesentlich besser als das da drüben." Ich zeigte auf eine Gruppe junger Männer, die Kaugummi kauten und in hohem Bogen spuckten.

„Das sind so Sitten", sagte er.

„Ja!" Und ich dachte: Ich könnte mir Gerd weder so, noch sich herumlümmelnd, mit den Beinen auf dem Tisch, vorstellen. Das war das erste gewesen, was mir hier im Westen auffiel, als ich vor zweieinhalb Jahren aus der Ostzone schwarz nach Hersfeld kam.

„Also, fahren wir, da drüben steht mein Wagen!"

„Sie glauben doch nicht im Ernst, daß ich so mir nichts, dir nichts in Ihren Wagen steige! Ich kenne Sie doch kaum."

„Fürchten Sie sich vor mir?"

Ich betrachtete ihn. Er war kein Mann, der mir Furcht einflößte. Und sollte er mir zu nahe kommen, würde er mich kennenlernen!

„Also doch Angst", sagte er und lachte.

„Unsinn!"

„Dann kommen Sie doch! Bitte! – Die Grüßerei hier ist lästig." Und ich muß zugeben, sie wurde es tatsächlich.

Willig und mit einem seltsam gehobenen Gefühl stieg ich in sein Cabriolet.

Es war ein herrlich lauer Abend und einfach märchenhaft, an der Seite eines so gutaussehenden und liebenswürdigen Mannes durch die Gegend zu brausen.

Die kleine Weinstube war niedrig und gemütlich. Der Wirt kannte Gerd, und er begrüßte ihn dementsprechend. Und bald saßen wir in einem stillen Eckchen und aßen nicht nur, sondern speisten. Der Ober wußte, welchen Wein Gerd bevorzugte. Ich, die ich das Weintrinken überhaupt nicht gewöhnt bin, fühlte mich beduselt und geschwätzig.

Er wollte alles von mir wissen. Wo ich herkam, von meiner Flucht, auf der meine Mutter starb. Der Einmarsch der Russen. Wohlweislich verschwieg ich, was ich da mitansehen mußte. Wie wir zusammengeduckt im Keller saßen und jedesmal erschraken, wenn die Tür geöffnet wurde und es hieß: „Frau, komm mit!" Ich verschwieg die Schreie, erzählte ihm, wie wir schließlich in einem Treck ankamen, in einem Dorf verteilt, in Häuser eingewiesen wurden, in denen wir nicht willkommen waren. Wie ich von einer Bäckerfamilie aufgenommen wurde. Wie ich – ausgehungert – nach der ersten guten Mahlzeit glaubte sterben zu müssen. Wie ich dort blieb und half und wie ich Tag und Nacht davon träumte, auf irgendeine Weise zu meinen Verwandten nach Hersfeld zu gelangen.

Er hörte mir zu, wie mir noch niemand zugehört hatte. Ich sprach davon, wie ich mich nachts aus dem Haus schlich, um zusammen mit einer älteren Frau, die behauptete, durch ihre Hamstertouren in die

Westzone die Schleichwege zu kennen, schwarz über die Grenze zu gelangen. Ich erzählte von der Angst, von den Gebeten, die ich zum Himmel schickte, von den überfüllten Zügen, von dem Warten in der Nähe eines Bahnhofs.

Wir waren nicht die einzigen, die es wagen wollten. Ein Eisenbahner gesellte sich zu uns. Er übernahm die Führung. Es war gegen 4 Uhr, als wir losstiefelten, am Waldrand entlang. Morgentau, bunte Wiesenblumen, das Aufgehen der Sonne, die durch das Gehölz blitzte, das Singen einer Nachtigall und das Aufspringen aufgescheuchter Rehe ließen uns für Augenblicke vergessen, was wir im Schilde führten.

Während ich erzählte, hatte Gerd seine Hand auf meine gelegt, eine Hand, die von außen zart und gepflegt wirkte, die aber innen verarbeitet und hart war.

„Erzähl weiter, Barbara", forderte er mich auf, und seine Augen ließen mich nicht los.

„Diese Flucht gelang uns nicht beim ersten Mal." Ich schilderte, wie wir kurz vor der Grenze von zwei aus dem Gebüsch springenden Volkspolizisten geschnappt wurden.

„Stehenbleiben!" riefen sie mit schußbereiten Gewehren. Da half kein Betteln, kein Bestechenwollen, wir wurden zu einer Sammelstelle gebracht.

Dort warteten schon andere Eingesammelte. Schwarzhändler, die sich über ihre Erfahrungen austauschten. Verhöre. Bei diesen Verhören entdeckte ich, daß ich schauspielern konnte. Ich weinte, erfand eine rührende Geschichte. Es half nichts. Es war bereits gegen 2 Uhr nachmittags, als zwei Polizisten uns zu einer Großsammelstelle brachten.

Aus und vorbei, dachte ich. Und wo gehst du hin, wenn man dich freiläßt und du zurückgeschickt wirst? Das war die Angst im Nacken. Sie dauerte zwei Tage, die wir, die ältere Frau und ich, zusammen mit unseren Schicksalsgenossen sinnend auf einem Dachboden eines – wie ersichtlich – beschlagnahmten Hauses verbrachten. Die Männer hatte man im Keller eingesperrt. Der Magen knurrte inzwischen erbärmlich. Auf dem Flur gab es eine Wasserleitung, dort konnten wir wenigstens unseren Durst stillen.

„Und wie gelang es dir, doch noch nach Hersfeld zu kommen?" fragte Gerd.

„Nun ja", fuhr ich fort, „wir wurden noch einmal verhört. Wieder sprach ich von der Sehnsucht nach meiner Familie. Schließlich reichte man mir, verbunden mit einer Warnung, meine Papiere zurück: ‚Fahren Sie sofort zurück, wo Sie hergekommen sind!' sagte ein Polizist mit drohender Stimme. ‚Sollten wir Sie ein zweites Mal erwischen, kommen Sie nicht so glimpflich davon.'

Nein, zurück wollte und konnte ich nicht. Draußen traf ich glücklicherweise die beiden anderen. Es war ein wunderschöner Frühlingstag, und wir setzten uns unter einen blühenden Apfelbaum, um uns zu beraten.

‚Ich komme um vor Hunger, ich muß erst mal irgend etwas essen', sagte die Sechzigjährige. ‚Wir versuchen es da drüben bei dem Bauern. Ich spendiere die Flasche Schnaps, für die ich eigentlich Hannoverschen Speck tauschen wollte, denn der da drüben hat sicher selbst kaum etwas zu beißen.'

Die Flasche Schnaps bescherte uns ein freundliches Gesicht", erzählte ich Gerd lachend. Der Bauer ließ uns einen riesigen Topf Kartoffeln kochen. Welch herrliche Mahlzeit: Pellkartoffeln mit Salz.

Wir erzählten von unserem Pech. Der Rat des Bauern war, Mitternacht abzuwarten, so lange könnten wir auf seinem Heuboden schlafen. Er würde uns rechtzeitig wecken.

Wir kletterten über eine Leiter hinauf. Im Heu dann das Rascheln von Mäusen. Dann ein heftiges Gewitter, Blitz und Donner in schneller Folge, das Herniederprasseln eines wolkenbruchartigen Regens.

„Gut für Ihr Unternehmen!“ meinte der Bauer, der uns pünktlich weckte. Er beschrieb uns den Weg.

Wir rutschten eine aufgeweichte Böschung hinab und sahen aus wie Ferkel, die sich in einer Pfütze gesuhlt hatten. Die Angst vor dem erneuten Geschnapptwerden. Das Grunzen von Wildschweinen. Und dann – welch ein Wunder! – die Grenze. Ein Aufatmen. Wir hatten es geschafft, wir waren in Duderstadt!

Gegen Mittag kam ich dann bei Tante Gertrud in Hersfeld an, die die Hände über dem Kopf zusammenschlug, als sie mich erblickte.

„Und das hast du alles verkraftet, Barbara?“ fragte er. Er rückte näher. „Da staune ich ja.“ Er legte den Arm um meine Schulter. „Du bist klasse“, sagte er.

Ich fühlte mich verstanden, so verstanden wie bisher von niemandem.

Er sah mich an. „Weißt du, daß du ein sehr schönes Mädchen bist?“

„Sag nicht so etwas!“

„Aber es ist so.“ Er sah sich um. Wir waren fast nur noch allein in der Weinstube. Da löste er mein Haar. Es fiel auf die Schultern, und er ordnete es so, daß es mein Gesicht umspielte.

„Willst du mich heiraten, Barbara?“ fragte er.

In diesem Augenblick war ich hellwach, denn so benebelt hatte mich der Wein nun doch nicht. „Du machst Witze, Gerd!“

„Es ist kein Witz, ich meine es ernst. Gleich als ich dich zum ersten Mal sah, wußte ich: Das ist mein Mädchen!“

„Aber wir kennen uns doch kaum."

„Muß man sich kennen, wenn man sich liebt? Oder magst du mich nicht?"

Und wie ich dich mag! dachte ich. Dein Gesicht, deine Augen, deinen Charme. Und warum sollte ich nicht glücklich sein, wenigstens heute abend? Das Morgen lag in weiter Ferne.

Wir küßten uns und waren verliebt .

Nüchtern und hellwach wurde ich erst, als der Wagen vor unserem Haus hielt und ich entdecken mußte, daß in Tante Els' Zimmer noch das Licht brannte. Sie mußte den Wagen gehört haben, denn es wurde gleich darauf dunkel.

„Wann sehen wir uns wieder?"

„Vielleicht Sonntag", sagte ich schnell, „aber genau weiß ich es noch nicht. Warte am Sonntag abend vor dem Kino! Und versuch, Karten zu bekommen!"

Mit klopfendem Herzen und Schuldgefühlen schlich ich mich ins Haus. Tante Els hatte sich sicher Sorgen gemacht, und heute morgen behandelte sie mich so frostig, daß ich innerlich fror.

Ich muß unbedingt eine Arbeit finden und selbständig werden; denn ans Heiraten kann ich vorläufig überhaupt nicht denken. Und was ist schon von Worten zu halten, die in Weinlaune fallen?

* * *

Sonntag

Kaum hatte ich heute morgen mit Tante Els gefrühstückt, klingelte es Sturm. Es war ein Junge mit einem Riesenstrauß dunkelroter Rosen. Ein Briefchen war dabei:

„Ich liebe dich, Barbara.

Wollen wir heute abend tanzen gehen?"

Vor Freude gab ich dem Jungen ein viel zu hohes Trinkgeld, lief in die Stube und zeigte Tante Els die Blumen. Sie dämpfte meine Freude und sagte: „Du kennst meine Meinung. Aber du mußt wissen, was du tust. Und wie es scheint, willst du dir unbedingt eine Niederlage einhandeln. Ach, ihr jungen Menschen von heute", sagte sie kopfschüttelnd, „wenn das deine Mutter wüßte!"

„Aber, Tante, . . .", begann ich.

„Ich sage dir doch, er ist so gut wie verlobt, das weiß hier jeder. Und diese Ursula Müller geht da oben ein und aus. Vielleicht haben die beiden sich gestritten. So wie ich die Ursel kenne, ist sie nicht nur eine Schönheit, sondern auch energisch, so eine, wie dieser Gerd sie braucht. Und sein Vater wird nicht zulassen, . . ."

„Ach, Tante", sagte ich, und Tränen traten mir in die Augen.

„Ich meine es gut, Barbara", sagte sie etwas sanfter, „aber glaube mir . . ." Sie brach ab. „Wer nicht hören will, muß fühlen."

„Ich werde ihn nachher danach fragen."

„Wie?" fragte sie. Sie stand vor mir. Sie ist, wie ich wohl schon einmal geschrieben habe, noch immer mädchenhaft schlank, nur im Sonnenlicht zeigen sich im Gesicht und an den Händen Spuren ihres Alters. „Du willst heute abend schon wieder ausgehen?"

„Ja, er holt mich ab."

„Etwa hier vor der Haustür?"

„Ja."

„Willst du mich unbedingt in Verruf bringen, mich kompromittieren, mich unmöglich machen?"

Wieso kompromittieren?, dachte ich.

„Aber Tante, ich bin 21!“

„Natürlich kannst du einen Freund haben und ans Heiraten denken. Aber dieser Gerd Stein wird oder, besser gesagt, darf dich nicht heiraten.“

Jetzt wurde ich bockig. „Tante“, sagte ich, „was du da von seiner angeblichen Verlobten behauptest, werde ich heute abend klären. Und ich verspreche dir, wenn etwas dran ist, ziehe ich mich zurück.“

Jetzt wurde ihre Stimme wieder scharf: „Soll das heißen, ich lüge?“

„Nein, nein, Tante! Aber die Leute reden viel.“

Nicht mehr ganz so glücklich, versorgte ich die Rosen.

Was, wenn er wirklich mit dieser Ursula Müller verheiratet werden soll?

Weich und nachgiebig scheint er mir schon zu sein.

Ich muß es wissen und kann den Abend kaum erwarten.

* * *

Mitternacht

„Du bist so still, Barbara“, sagte heute abend Gerd, als ich neben ihm im Wagen saß.

Und ich war es, weil ich nicht wußte, wie ich meine Ausfragerei beginnen sollte. Es war mir schrecklich peinlich. Schließlich sagte ich: „Gerd, kannst du einmal anhalten?“

Er stoppte den Wagen am Waldrand.

„Hast du etwas auf dem Herzen, Mädchen“, fragte er und strich mir das Haar aus dem Gesicht. Ich trug es diesmal offen.

„Bitte, Gerd, schicke mir keine Rosen!“

„Wieso? Freut es dich nicht?“

„Mich schon. Aber meine Tante meint, du schadest meinem und ihrem Ruf.“

„Wieso denn das?“

„Weil du so gut wie verlobt bist.“ Mein Herz klopfte.

„Die Leute, die Leute ...“ Er schüttelte den Kopf. „Ich sagte dir doch, ich bin nicht verlobt.“

„Und wer ist diese Ursula Müller?“

„Ach, die Ursel!“ Er versuchte zu lachen, wurde dann aber ernst. „Na ja, zugegeben, unsere beiden Väter haben da so ihre Wunschträume. Sie sind befreundet, aber sie haben die Rechnung ohne mich gemacht. Wer nämlich rechnet, sollte zweimal rechnen, mein Mädchen. Ich suche mir nämlich meine Frau ohne sie aus!“ Er hob meinen Kopf und sah mir in die Augen.

„Und ich habe sie nun gefunden! Oder hast du es dir anders überlegt, Barbara?“

„Aber, Gerd, wir kennen uns doch kaum. Und die Ursula Müller“, fügte ich schnell hinzu, „wie denkt sie?“

„Wie soll ich das wissen? Ich glaube schon, sie würde nicht nein sagen.“

„Und warum magst du sie nicht?“

„Weil ich sie nicht liebe, mein Mädchen.“

„Ist sie denn so häßlich?“

„Ganz und gar nicht! Meine Freunde meinen, sie sei rassig.“

„Und du?“

„Na ja, sie könnte meine Schwester sein, aber als meine Frau ..., nein, niemals“, sagte er kopfschüttelnd, „sie ist mir viel zu aufdringlich, zu laut und rechthaberisch. Nein, nein, sie ist nicht mein Fall. Und jetzt, da ich dich kenne, gleich ganz und gar nicht.“ Er sah mich lieb an.

„Weißt du, was ich denke“, sagte er sanft. „Daß du

einmal der einzige Mensch sein wirst, der bis zu den Tiefen meines Herzens dringen wird, weil du den geheimnisvollen Schlüssel, nämlich die Liebe, so wunderbar zu handhaben weißt."

„Aber Gerd, du bist ja ein Dichter!" Und in diesem Augenblick hatte ich nur den einen Wunsch, ihm die Frau zu sein, die er sich erträumte. Ob ich das schaffe? Vielleicht sieht er in mir eine ganz andere, eine, die ich überhaupt nicht bin. Ich werde mir Mühe geben, dachte ich. Denn Lieben heißt nicht Verlangen, sondern Geben. Irgendwo habe ich das einmal gelesen.

Tante Els fiel mir ein. „Er ist ein Schwächling", hatte sie behauptet.

„Aber wenn dein Vater, wie Tante Els vermutet, gegen uns ist", fragte ich ängstlich.

„Dann laß ich mir das Erbteil meiner Mutter auszahlen, und wir gründen uns eine eigene Existenz. Weißt du", sagte er, „eigentlich wollte ich Musik studieren, aber weil mein Bruder nicht aus dem Krieg heimgekommen ist, bleibt mir nichts anderes übrig, als einmal den Hof zu übernehmen. Und das tue ich hauptsächlich meiner Mutter zuliebe. Sie war eine wunderbare Frau", schwärmte er.

„Nun gut", unterbrach er sich, „auf meinen Lebenswunsch habe ich verzichtet, aber was unsere Heirat betrifft, mein Mädchen, da lasse ich mir nicht hineinreden."

Und bei diesen Worten setzte er ein energisches Gesicht auf, und seine Stimme klang so, als wollte er sich selbst Mut zureden. „Wenn wir beide zusammenhalten", sagte er, „wird uns das Geschwätz der Leute nichts anhaben. Und wir werden heiraten.

Und das so bald wie möglich. Und nun fahren wir tanzen. Was hältst du von Rock'n Roll?"

Wir tanzten bis Mitternacht. Erst als er mich zu Hause absetzte, waren die Probleme mit Tante Els wieder da.

* * *

Montag, nachmittags

Wie schrecklich! Ich meine die Aussprache mit Tante Els. Ich war extra früh aufgestanden und zum Bäcker gelaufen, und als sie ins Zimmer trat, war der Frühstückstisch mit frischen, knusprigen Brötchen gedeckt, und es gab Bohnenkaffee.

Tante Gertrud hat mich, bevor ich Hersfeld verließ, reichlich mit Taschengeld versorgt, und dafür bin ich ihr dankbar. Sie konnte sein, wie sie wollte, eines war sie nicht: geizig. Tante Els scheint sehr rechnen zu müssen. Sie besitzt nur ihre kleine Witwenrente.

Jedenfalls machte sie wieder ein Gesicht, als trüge sie alle Last der Welt. Und es gab zwischen uns nur ein eisiges „Bitte" und „Danke".

Dann faßte ich mir ein Herz. „Tante Els", sagte ich. „Ich weiß, daß ich dir Kummer mache. Aber bitte verstehe mich doch: Ich liebe Gerd Stein, und er liebt mich. Und das . . ." Ich verhaspelte mich, weil ich sah, wie sich Tante Els' Mundwinkel tiefer und tiefer senkten.

„Und das mit dem So-gut-wie-verlobt-Sein, stimmt nicht", sagte ich schließlich. „Er wird diese Ursula nie heiraten. Lieber wird er seinem Elternhaus den Rücken kehren."

„Und diese Schuld willst du auf dich laden?", fragte sie scharf.

„Was heißt Schuld?"

„Kennst du nicht das vierte Gebot?"

„Ja schon, aber auch Kinder haben Rechte."

„Na ja", sagte sie, „beruhige dich. Es wird sowieso nicht so weit kommen. Er wird dich nicht heiraten. Er wird dir höchstens ein Kind andrehen und dich sitzenlassen."

„Aber was denkst du von Gerd! So einer ist er nicht. Er ist anständig. Er liebt mich viel zu sehr, als daß er mir vor unserer Hochzeit zu nahe treten würde. Und ich? Was glaubst du denn von mir!?"

Erst in diesem Moment wurde mir bewußt, wie zurückhaltend Gerd war, wie zart er mit mir umging. Und ich konnte mir auch nicht vorstellen, daß er mich bedrängen könnte. Das war es, was mir an ihm so gefiel.

Ich dachte an meine Kriegserlebnisse zurück, an die Vergewaltigungen der Frauen, an ihr Schreien, an ihr Weinen, an die Erniedrigungen. Wie Tiere hatten sich die Soldaten benommen. – Nein, so stellte ich mir die Liebe nicht vor. Natürlich wollte ich Kinder, aber niemals so und nicht vor der Ehe.

„Tante Els", sagte ich. „Es tut mir leid, wenn du Gerd nicht glauben kannst. Ich vertraue ihm, und ich halte zu ihm. Und ich will dir auch nicht zur Last fallen. Ich werde versuchen, Arbeit zu bekommen. Ich habe da eine Anzeige gelesen. Da wird eine Anlernkraft im Büro gesucht. Ich werde mich bewerben."

„Tu, was du willst!"

Und das tue ich auch, darauf kannst du dich verlassen, dachte ich und räumte das Geschirr zusammen; ich spülte es schnell.

Anschließend kramte ich mein Abschlußzeugnis hervor und lief aus dem Haus. Unterwegs fragte ich nach dem Goetheplatz. Dort nämlich ist das Steuerbüro, das eine Anlernkraft suchte.

Als ich vor der Tür stand, überfiel mich wieder mein

schlechtes Gewissen. Tante Els! Sie hatte anderes mit mir geplant, als sie mich nach hier kommen ließ. Mutti, dachte ich, wenn du noch lebtest, du würdest mich verstehen! Und ganz besonders du, Vati! Aber jetzt habe ich Gerd!

Ich klingelte. Eine ältere Frau ließ mich ein, klopfte an eine Tür.

„Herein", rief eine dunkle Stimme. Hinter einem chaotisch wirkenden Schreibtisch saß ein älterer Herr mit bleichem Gesicht. Er stand auf und begrüßte mich. Ich stellte mich vor. Er bot mir Platz an und verkroch sich wieder hinter seinem Schreibtisch mit den wirren Aktenstapeln.

„Ach, Sie sind die Nichte von Frau Geiger", sagte er und sah mich gespannt an, „ihren Mann kannte ich gut. Und Sie wollen eine Anlernstelle?"

„Ja. Ich konnte nur die Handelsschule besuchen."

Und ich erzählte ihm, warum ich keine Ausbildung besaß.

„Nun ja", meinte er. „Aber wird Ihnen denn so ein Posten zusagen? Ich meine . . ."

Er betrachtete mein Zeugnis. „Mir würde es schon genügen. Das übrige könnte ich Ihnen beibringen. Aber vielleicht suchen Sie bloß vorübergehend einen Job. So, wie ich Ihre Tante kenne . . ." Mitten im Satz brach er ab.

„Nun ja, wir wollen nichts übereilen", meinte er. „Überlegen Sie es sich erst reiflich. Ich benötige jemanden, der diesen Posten nicht nur vorübergehend bekleiden will, wenn ich auch – das muß ich zugeben – kein übermäßiges Gehalt zahlen kann."

Er erhob sich und streckte mir die Hand entgegen. „Besprechen Sie es nochmals mit Ihrer Tante, und kommen Sie am Montag vorbei. Dann werden wir weitersehen."

Mit Tante Els zu sprechen, ist unmöglich. Sie läßt mich nicht an sich herankommen, dachte ich auf dem Heimweg.

Und es war dann auch so. Gerd hatte mir erneut Rosen geschickt, und wie ich vermute, wollte er damit Klarheit schaffen. Denn in dem beiliegenden Briefchen stand:

„Ich liebe Dich, Barbara! Wann darf ich ganz altmodisch und förmlich bei Deiner Tante um Deine Hand anhalten?

Dein Gerd“

Zögernd zeigte ich ihr die Zeilen. „Er ist wohl nicht bei Trost“, sagte sie kühl. Bald darauf verließ sie das Haus. „Ich habe Besorgungen zu machen“, sagte sie, „und bin gegen sechs Uhr zurück.“

* * *

Ich legte Barbaras Tagebuch aus der Hand, und ich glaubte, mich noch genau an jenen Tag zu erinnern, an dem Gerd ihr Rosen geschickt hatte.

Els kam damals ganz aufgeregt zu mir.

„Stell dir vor, Marianne, dieser junge Stein schickt meiner Nichte Rosen und macht ihr einen Heiratsantrag. Ist der von Sinnen? Was bezweckt er damit? Kein Mensch, der ein bißchen Vernunft im Kopf hat, kann sich so schnell zu einer Ehe entschließen. Und sein Vater? Ich weiß nicht, was ich tun soll. Ich kann sie doch unmöglich nach Hersfeld zurückschicken.“

Sie wirkte völlig ratlos – und das wollte bei Els etwas heißen! Ich kannte sie als die Disziplinierte, die immer wußte, wo es langging, die mir auch oft ihre Überlegenheit zeigte, die außerdem nicht ertragen konnte, wenn ich ihr mit meinem Wissen – wie zum Beispiel bei einer Rätsellösung – zuvorkam.

Jetzt wirkte sie hilflos. Sie tat mir leid. Ich hütete mich zuerst, etwas dazu zu sagen, hörte ihr nur zu.

„Es fehlt nur noch, daß sie mit einem unehelichen Kind heimkommt", sagte Els, „das dumme Mädchen! Vielleicht bildet sie sich tatsächlich ein, daß er sie heiratet", rief sie aus. „Und das nach ein paar Tagen Bekanntschaft! Ich verstehe die Jugend nicht. Was würde da ihre Mutter dazu sagen? Wie konnte ich mir diese Probleme aufhalsen?"

Ja, an diese Worte von damals erinnere ich mich noch ziemlich genau. Schließlich legte ich, um sie zu beruhigen, meine Hand auf die ihre.

„Freilich", sagte ich, „gibt es aus unserer Anschauung, unserer Erfahrung manches zu sagen, was sein könnte. Aber hüten wir uns, den jungen Menschen dreinzureden, Els! Bei der heutigen Jugend läuft eben manches anders. Also, warten wir ab und schauen wir zu! Und vielleicht setzt er sich bei seinem Vater doch durch.

Dieser Gerd ist ein liebenswürdiger Mensch. Ich mag ihn, und ich könnte mir denken, daß die beiden sich gut ergänzen."

Doch ich erinnere mich: Von diesem Zuspruch wollte Els seinerzeit absolut nichts wissen. Sie erinnerte mich an die Feindschaft, die zwischen ihrem verstorbenen Mann und Gerds Vater bestanden hatte, eine parteipolitische Feindschaft.

„Ich weiß, das wird Ärger geben", sagte sie, „wir werden ins Gerede kommen. Übrigens, sie hat sich heute um eine Stellung bemüht.

Und ich dachte immer, ich könnte etwas für ihre Bildung tun, sie könnte durch meine Hilfe nachholen, was sie in der Nachkriegszeit versäumt hat. Das war eigentlich mein Ziel. Sag ehrlich, Marianne, wenn es zu dieser Heirat kommen sollte, das Mädel würde doch keine Gutsfrau werden; zu so etwas muß man doch geboren sein.“

Besorgt und ungetröstet verließ sie meine Wohnung.

Nein, ich glaube, ich begleitete sie ein Stück. Wir kamen an Baustellen vorbei, Baustellen, die sich inzwischen in schmucke Häuser verwandelt haben. Und ich erinnere mich, wie ich sie ablenken wollte und sagte: „Schau her: die fleißigen Schwaben. Die fackeln nicht lange und packen es an.“

Doch sie ließ sich nicht ablenken.

Das liegt bereits vier Jahre zurück. Und was ist inzwischen alles geschehen! Arme Barbara, du hättest auf deine Tante hören sollen.

Und ich nahm das Tagebuch wieder auf, lehnte mich im Sessel zurück und las weiter.

* * *

12. Mai

Ich habe die Stellung, und ich fühle mich sehr wohl. Der Chef ist nett. Schade, daß ich seine einzige Angestellte bin; so komme ich außer mit Gerd kaum mit Gleichaltrigen zusammen.

Mein Chef scheint sehr gesprächig. Er erzählt mir viel aus der Zeit, als er noch in der Direktion eines Großbetriebes war, und davon, daß er zu den Pionieren der Flugreisenden gehört. Wenn er davon anfängt, vergißt er Zeit und Stunde. Dann brauche ich nur zuzuhören.

Leider verdiene ich nicht viel. Dennoch warte ich auf mein erstes Gehalt. Ich möchte mir schicke hübsche Sommerschuhe – vielleicht auf Abzahlung – kaufen.

Tante Els ist noch nach wie vor kühl zu mir. Ach, könnte ich mir doch ein möbliertes Zimmer mieten. Es muß schön sein, unabhängig zu leben. Doch erstens will ich das Tante Els nicht antun, und zweitens bevorzugen die Vermieter einen Herrn, weil dieser weniger Belästigungen mit sich bringt. Er geht morgens zur Arbeit und kommt abends nach Hause und will weder Socken noch Hemden waschen und sich in der Küche der Hausfrau keine Mahlzeit zubereiten, sondern ißt auswärts. Das ist nun einmal so, und ich muß es hinnehmen.

Mein Trost ist die wundervolle Zukunft mit Gerd, die vor uns liegt.

* * *

Montag abend

Nun habe ich ihn gesehen, den Mann, der mein Schwiegervater werden soll, und zwar gestern in der Kirche. Er warf mir beim Hinausgehen einen vernichtenden Blick zu. Also weiß er von unserer Liebe. Und Tante Els hat recht: Er ist dagegen. Ehrlich gesagt, ich habe Angst vor diesem älteren Mann, der mich so böse anblickte, der auf mich den Eindruck eines eiskalten, berechnenden Geschäftsmannes machte, den aber alle zu respektieren scheinen.

Auch jene Ursel lief mir über den Weg. Ich sah sie heute in meiner Mittagspause beim Einkauf in dem hochmodernen Selbstbedienungsladen, in dem man nur in die Regale zu greifen braucht, aber sich dann an der Kasse drängt. Sie stand in der Schlange vor mir und unterhielt sich laut, und der Name Müller – und auch ein paarmal Ursula – fiel. Da wußte ich, wer sie war, und auch sie schien mich zu kennen; denn als sie sich umsah, traf mich ein feindseliger Blick, der zu sagen schien: Wollen wir abwarten, wer von uns beiden im Falle Gerd der Sieger bleibt!

Ja, das sind Begegnungen, die mir allen Mut nehmen. Aber Gerd meint, ganz so schlimm, wie ich befürchte, sei sein Vater nicht. Er brauche Zeit, um sich mit Tatsachen abzufinden. Und daß wir, Gerd und ich, zusammengehören, sei nun einmal eine Tatsache.

Ich will das gern glauben, denn ich liebe Gerd. Ich könnte ihn immerzu ansehen, und wenn wir uns gegenübersitzen, drängt es mich, vor Rührung seinen Kopf, sein schönes Gesicht zwischen meine Hände zu nehmen, um seine Augen mit den langen Wimpern zu küssen. Aber das tue ich natürlich nicht; ich ziere mich eher.

Manchmal blitzt in diesen Augen auch der Schalk auf. Dann können wir beide unbändig albern und lustig sein. Noch mehr scheint er allerdings an ernsteren Gesprächen interessiert. In dieser Hinsicht muß ich mich ihm noch gewaltig anpassen. Er ist so kunstbegeistert und belesen, daß ich, wenn er mir etwas erklärt, Mund und Nase aufsperre.

Ich bin erstaunt, was er alles weiß. Er erklärt mir die Gotik-, Renaissance- und Barockbauten, und wir waren auch schon in der Rokoko-Kirche in Zwiefalten, wo es so hübsche Putten zu sehen gibt.

Manchmal allerdings wird mir das alles zuviel, weil ich lieber über uns und unsere Liebe sprechen möchte, vielleicht auch mit ihm tanzen, mit ihm zusammen ins Kino gehen und die schönen Heimatfilme ansehen; zur Zeit läuft „Der Förster vom Silberwald" und der neu angekündigte heißt: „Wenn abends die Heide blüht". Gerd findet solche Filme leider kitschig. Auf die Western, die er auch nicht mag, kann ich verzichten.

Wie es auch sei, ich liebe Gerd und richte mich nach

ihm; denn ich habe mir ja vorgenommen, ihm mal die Frau zu sein, die er sich erträumt.

Gestern nachmittag allerdings fragte ich mich, warum er nicht zur Kirche geht. Vielleicht deswegen, weil mich die Begegnung mit seinem Vater bedrückte.

Ich war um 2 Uhr in seinen Wagen gestiegen, nicht vor unserem Haus, sondern unten in der Stadt, und wir fuhren anschließend auf die neue Bundesstraße, überholten Mopeds, Motor- und Kabinenroller, die in der Überzahl die Straße befuhren.

Ganz besonders unverständlich ist mir, wie Gerd sich verhält, wenn es um einen Mercedes geht; dann veranstaltet er eine Art Wettfahrt, die mich vor Angst zusammenkriechen läßt, besonders bei den unübersichtlichen Kurven oder Anhöhen. Doch hier verberge ich meine Angst.

Glücklich war ich, als wir endlich in ruhigere Gefilde kamen. Das Wetter war prächtig. Nach einem warmen Regen strahlte der Himmel klarblau. Die Täler, durch die wir fuhren, wirkten in ihrem jungen Grün wie frisch gewaschen.

Wir parkten am Waldrand und versuchten, ein Stück zu wandern, aber die Wege waren aufgeweicht und matschig. Gerd trug seine jetzt hochmodernen Kreppsohlenschuhe, und er fürchtete, sie zu verderben. Im Gegensatz zu seinem Vater, der – wie mir schien – auf Kleidung wenig Wert legt, scheint mein Gerd eitel zu sein.

Wir fuhren zurück und tranken schließlich in einem Lokal an der Bundesstraße Kaffee. Da kam ich nochmals auf meinen Kirchgang zu sprechen.

„Als Bub und als Teenager sang ich im Kirchenchor", sagte er. „Damals ging ich viel in die Kirche. Doch jetzt habe ich so meine Schwierigkeiten mit dem Alten Testament. Wenn man so bedenkt, ist es eigentlich fürchter-

lich. Es scheint mir erklärlich, daß die Menschheit noch heute an Krieg und Mord nicht genug hat, wenn sie dieses Buch als Gottes Wort, Buch der Bücher und Grundlage ihrer Religion ansieht."

Ich glaube, so ähnlich drückte er sich aus. Er sah mich voll an.

„Was ist das für ein Gott, der sein Volk dauernd zu Überfällen auf andere Städte, zu Plünderungen und Mord an ganzen Völkerschaften auffordert?"

Ich lauschte erstaunt, denn so genau kannte ich die Bibel nicht. Tante Gertrud hatte mich in ihre Sekte oder – besser gesagt – Religionsgemeinschaft eingeführt. Doch wie erwähnt, sprach man dort kaum von der Bibel, sondern man besaß Erbauungsbücher und ähnliches.

„Gewiß", fuhr Gerd fort, „der Gedanke, daß ein Gott außerhalb der Welt, der Erschaffer der Welt, lebt, ist dem jüdischen Volk zum ersten Mal bewußt geworden. Aber dann machten sie sich doch einen grausamen, harten Nationalgott daraus."

Als Gerd das sagte, erschrak ich, denn ohne Glauben will ich nicht leben.

Doch dann fuhr er fragend fort: „Was hat dieser Gott mit dem Vater im Neuen Testament gemein?"

Diese Aussage ließ mich auch auf der Heimfahrt nicht los. Nur zu gerne hätte ich mit Tante Els gesprochen. Aber an sie war nicht mehr heranzukommen. Und bei diesem Gedanken beschlich mich wieder ein unbehagliches Gefühl. Es ist schwer, mit jemandem zusammenzuleben, der sich kalt gibt, weil er das Verhalten seines Nächsten nicht billigen kann.

* * *

An dieser Stelle legte ich Barbaras Tagebuch aus der Hand und schaute hinaus in den Garten, den Amseln zu, die über den Rasen stolzierten und ihre Schnäbel zornig ins Gras bohrten. Solch ein tiefsinniges Nachdenken über das Alte Testament hätte ich Gerd seinerzeit nicht zugetraut. Arme Barbara, und du hattest niemanden, mit dem du darüber reden konntest. Els sperrte sich damals also. Ach, wärst du doch zu mir gekommen!

Plötzlich mußte ich über mich lachen. Du bist gut, Marianne, sagte ich zu mir, hättest du denn eine Antwort gewußt?

Man fand auch im Alten Testament viel Tröstliches, aber eine Antwort auf Gerds Frage, die Barbara in ihrem Tagebuch festgehalten hatte – wer konnte sie finden? Mir fiel ein Zitat aus Thomas Manns Roman „Joseph und seine Brüder" ein, der auf meinem Nachttisch lag. Es lautete: „Mit dem Warum der Dinge kommt niemand zu Ende, die Ursachen allen Geschehens gleichen den Dünenkulissen am Meer. Eine ist immer der anderen vorgelagert, und das Weil, bei dem es sich ausruhen ließe, liegt im Unendlichen." Besseres wäre mir zu Gerds damaligen Gedankengängen auch nicht eingefallen. Es wäre wohl nicht Gott, könnte man ihn begreifen. Aber da standen noch die versöhnlichen Worte des Verstorbenen, sein tröstlicher Hinweis auf den guten Vater im Neuen Testament.

Wie es auch sei, die beiden schienen sich mit ihrer Ehe ins Unglück gestürzt zu haben.

Und das zuletzt Geschehene, das für mich Unbegreifliche, das Barbara vollbrachte, aus welchem Grund auch immer vollbrachte, lag für mich noch im Dunkel. Doch gab es da nicht eine Geschichte im Alten Testament, die Barbaras Handlungsweise sehr nahe kam? Eine Geschichte, die ich noch nie in einer Predigt vernommen hatte, die aber – soweit ich mich erinnere – Pfarrer Hillmann in einem privaten Kreis einmal zur Sprache brachte. Schade, daß im Nachtschrank meiner kleinen Pension nur das Neue Testament zu finden ist! Ich hätte diese biblische Geschichte, an die ich mich nur dunkel erinnerte, gern aufgeschlagen und nachgelesen.

Erneut nahm ich Barbaras Tagebuch in die Hand.

* * *

Mittwoch

Ich bin verärgert, verärgert, weil ich nicht mag, daß man über Gerd spottet, und das ist genau das, was sich mein Chef heute erlaubte. Gerd fuhr heute mit dem Traktor am Büro vorüber. Er hupte, und ich lief zum Fenster und winkte ihm zu. In diesem Moment trat mein Chef herein.

„Ist das Ihr Liebster?" fragte er.

„Wenn Sie es so nennen wollen, Herr Sorg, ja", erwiderte ich, nicht ohne Stolz.

Dann bemerkte ich sein spöttisches Lächeln; es irritierte mich. „So, so, und ich dachte immer, er hat Angst vor Mädeln."

Ich wurde glühend rot. Sicher war es nur eine Bemerkung, die Männer manchmal so draufhaben. Dennoch ließ sie mich nicht los. Immer wieder fragte ich mich: Wie kam er zu dieser Äußerung? War Gerd als schüchtern verschrien? Oder hatte vielleicht jene Ursula so etwas in Umlauf gebracht? Vielleicht aus verletztem Stolz heraus? Wer verletzt wird, schlägt zurück.

Als Gerd mich bei unserem ersten Wiedertreffen vor dem Rathaus ansprach, war er alles andere als schüch-

tern. Zugegeben, er ist kein Don Juan, der auf Verführung von Mädchen aus ist. Wenigstens glaube ich das nicht. Oder schont er mich, weil er mich zu heiraten gedenkt? Und wenn nicht, ist es in den Augen anderer Männer ein Makel, wenn er nicht mit Eroberungen prahlen kann? Und wieso eigentlich? Wird uns nicht immer Sittsamkeit gepredigt? Soll das vielleicht nur für Mädchen gelten?

Was für dumme Gedanken! Freilich sehne ich mich manchmal danach, daß wir etwas mehr miteinander schmusen. Aber das alles wird noch kommen. Ein ganzes langes Leben liegt noch vor uns.

Und wenn ich es mir so richtig überlege, so finde ich gerade seine Schüchternheit rührend interessant. Aber . . . Ach, Unsinn. Wirklich, es sind dumme Gedanken! Und dennoch quirlen sie mir im Kopf herum. Ich frage mich: Bin ich die erste, in die sich Gerd verliebte? Ich weiß eigentlich wenig von ihm. Ich weiß nur von der Ursula Müller.

Manchmal erzählt er mir von Robert, seinem Schulfreund, der das Glück hat, in München Philosophie studieren zu können, und den er deshalb zu beneiden scheint. Sie hingen wie Kletten aneinander, diskutierten halbe Nächte über Schopenhauer, Nietzsche, Freud und über den Psychotherapeuten Jung.

Ich kenne mich da nicht aus. Er empfiehlt mir diese Lektüre. Leider kann ich sie in Tante Els' Bücherschrank nicht finden. Ihn aber und seinen Freund Robert scheinen sie angezogen zu haben, so daß sie sicher wenig Zeit hatten, sich um Mädchen zu kümmern. Das scheint in einer so kleinen Stadt aufzufallen. Eigenartig, daß man es den Mitmenschen nie recht machen kann.

Lassen wir die Spötteleien! Ich liebe Gerd, und ich möchte all das wissen, was ihn interessiert, damit ich mit ihm die Gespräche führen kann, die er mag. Aber ich weiß wenig.

Tante Els dagegen ist ein wandelndes Lexikon. Doch sie bleibt auf Distanz. Nur wenn Frau Frey bei uns auftaucht, versetzt sie mich mit ihrem Wissen in Erstaunen. Schade, daß sie gegen Gerd ist! Die beiden könnten sich prächtig unterhalten, und ich könnte davon profitieren. Nun ja, ich möchte ihm gern alles sein. Mein einziger Wunsch ist, ihn glücklich zu machen.

* * *

Montag

Ob ich ihm wirklich Glück bringe? Das ist die große Frage. Denn jetzt haben wir es. Der große Krach zwischen ihm und seinem Vater ist ausgebrochen. Und Gerd will sein Elternhaus mir zuliebe verlassen. Ich bin einerseits stolz auf ihn, andererseits überfällt mich eine schreckliche Angst, die Angst, er könnte das eines Tages bereuen. Aber nun der Reihe nach!

Vergnügt wollte ich heute nach Geschäftsschluß einen Schaufensterbummel unternehmen. In der Grabenstraße hat nämlich ein Modegeschäft neu eröffnet. Toll und teuer, Sachen, die ich mir zwar sicher nicht leisten kann, die mich aber zum Träumen verlocken. Und wie sagt ein Sprichwort? „Träume sind zu jeder Zeit schöner als die Wirklichkeit." Dennoch, ich möchte mich gern wirklich gut kleiden, um ihm zu gefallen.

Und bereits in diese Gedanken vertieft, entdeckte ich Gerd.

„Du hier? Das ist aber lieb von dir, mich so zu überraschen", sagte ich erfreut. Doch dann sah ich sein ernstes Gesicht. „Ist etwas passiert?"

Er faßte meinen Arm. „Komm, Barbara, da drüben steht mein Wagen. Ich muß mit dir reden."

„Ist etwas passiert?" wiederholte ich.

„Später. Komm, steig ein. Ich muß weg." Seine Stimme klang aufgeregt.

Dann saß ich neben ihm. Er startete so heftig, daß ich nach hinten kippte. Sein Gesicht wirkte maskenhaft entschlossen, und er raste durch die engen Straßen, um die Kurven, wie die Feuerwehr.

„Gerd, bitte fahr langsam, ich bitte dich", bat ich ängstlich. Mich hatte tatsächlich die Furcht gepackt.

„Ich muß hier weg", zischte er.

Endlich hatten wir die Stadt hinter uns gelassen und kamen in eine ruhigere Gegend. Er hielt schließlich am Rande eines Waldweges. Ich wagte zuerst nicht, erneut zu fragen, was los sei, warum er sich wie ein Wilder benahm.

Er zündete sich eine Zigarette an, blies den Rauch in die Luft und sagte: „Ich ziehe zu Hause aus. Das lasse ich mir nicht gefallen. Ich bin nicht der Spielball meines Vaters. Wenn er sich einbildet, er habe noch immer einen dummen Jungen vor sich, dann hat er sich getäuscht, gründlich getäuscht", wiederholte er mit scharfer Stimme.

„Hat es Krach gegeben?"

„Krach ist gar kein Ausdruck."

„Etwa wegen mir?" fragte ich kleinlaut und zog mir verlegen den Rock über die Knie.

„Ja", sagte er, „keine Angst, Barbara! Ich lasse das Mädchen, das ich heiraten werde, nicht beleidigen." Er drückte mich fest an sich. „Nein, niemals, das soll er büßen!"

Ich befreite mich sanft und sagte: „Gerd, es ist schlimm für mich, euer Zankapfel zu sein."

„Sag nicht so etwas, Barbara, nimm ihn nicht noch in Schutz. Halte zu mir, und es kommt alles in Ordnung."

„Natürlich werde ich zu dir halten." Und ich dachte, daß ich mir mein Leben ohne Gerd schon gar nicht mehr vorstellen kann.

„Warum ist er eigentlich gegen mich? Er kennt mich doch kaum", warf ich ein.

Er zog an seiner Zigarette und blies den Rauch in die Luft, dann sagte er bedeutend ruhiger: „Im Grunde hat das nichts mit dir zu tun, Kleines. Mein Vater verträgt nicht, wenn seine Pläne durchkreuzt werden. Das war von jeher so, und er hat sich in den Kopf gesetzt, daß ich Ursel heirate, doch da täuscht er sich. Lieber ziehe ich aus. Ich lasse mir das Erbteil meiner Mutter auszahlen, ganz gleich, wie sehr das ihn und den Hof trifft. Wenn nötig, gehe ich vor Gericht."

„Aber Gerd, du wirst doch nicht deinen Vater verklagen wollen. So etwas bringt keinen Segen."

„Segen, warum keinen Segen?" sagte er abfällig.

„Nun ja, es steht doch in der Bibel, daß man Vater und Mutter ehren soll", wagte ich einzuwerfen, und ich dachte, wie glücklich ich wäre, gäbe es für mich noch ein Elternhaus. Denn weder Tante Els noch Tante Gertrud waren ein Ersatz.

„In der Bibel", griff er meine Worte auf, „da steht so manches. Mein Vater lebt auch nicht nach der Bibel. Er ist nicht der, der dort als Vorbild gilt. Er sitzt auf seinem Thron und versucht, mich zu unterwerfen. Zu bestimmen, wen ich heiraten soll und wen nicht, das geht doch zu weit. Ich will mein eigenes Leben leben, und deshalb werde ich ausziehen, und wir werden heiraten, und das so bald wie möglich. Willst du?"

„Und ob ich will!"

„Vielleicht gehen wir nach Australien", sagte er, und seine Stimme klang unsicher. „Viele wandern jetzt aus. Und wenn es sein muß, erlerne ich noch ein Handwerk."

Ich betrachtete seine schönen Hände. Ich liebe diese Hände, die außen so gepflegt und innen so hart vom Zupacken sind.

„Ich werde dorthin gehen, wo du hingehst", sagte ich, und ich fühlte mich wunderbar. „Wo du hingehst, will ich auch hingehn", fügte ich hinzu.

„Wirklich, Barbara, das würdest du tun?" Er strahlte mich an und strich mir das Haar aus der Stirn.

„Aber ja doch, Gerd. Ich würde sehr gern mit dir allein leben. Eine kleine Wohnung für uns, wo uns niemand hineinreden kann in unser Leben. Ich fände es nicht schlimm, wenn wir arm wären. Ich würde arbeiten und sparen. Und dann, wenn wir genug zusammenhaben, . . ." Nein, ich sagte nicht, daß ich mir Kinder wünsche.

Aber da fragte er schon: „Was wolltest du sagen?"

„Ach, nichts!" Ich spielte mit dem Griff meiner Handtasche. „Es ist nur schlimm für mich, wenn ich Euer Zankapfel bin."

„Das muß durchgestanden werden."

„Was willst du tun?"

„Ich überlege es mir, und gebe dir Bescheid."

Plötzlich fiel mir Tante Els ein. „Bitte, Gerd, ich muß heim. Tante Els wird sich sorgen. Ich will ihr nicht noch mehr Kummer bereiten. Als ich hierherkam, hatte sie große Pläne mit mir. Sie meinte es gut. Auch ich durchkreuzte ihr Vorhaben."

Er schüttelte den Kopf, drückte seine Zigarette aus und betätigte den Zündschlüssel. „Daß die Alten nicht einsehen wollen", sagte er, „daß jeder Mensch ein Recht auf die Verwirklichung seiner eigenen Lebenswünsche hat!"

Ich fand, was er da sagte, klang geschwollen. Doch wesentlich ruhiger geworden, fuhr er mich heim.

Ich fühle mich glücklich und traurig zugleich. War-

um nur muß im Leben alles so kompliziert sein? Warum? Aber vielleicht ist es gut so, wenn ich Gerd ganz allein für mich haben kann. Und wenn dann Kinder kommen, wird sich sein Vater gewiß versöhnen lassen. Er hat ja nur Gerd. Und wie sagt Tante Els? Er ist ehrgeizig. Und doch, auch wenn ihm unsere Verbindung nicht gefällt, ich glaube, Großväter neigen zur Nachgiebigkeit. Darauf setze ich meine Hoffnung.

* * *

Eine Woche später

Nun hat Gerd es doch wahr gemacht: er ist auf und davon. Aber was mich beunruhigt ist, daß er mich nicht benachrichtigt hat. Ich mußte es erst durch Zufall erfahren. Auch wenn er nach einem Streit bei Nacht und Nebel davonjagte und mich deshalb nicht erreichen konnte, hätte er zumindest eine Nachricht in den Briefkasten werfen oder mich anrufen können. Aber vielleicht wollte er das nicht.

Hoffentlich ist ihm nichts passiert! Ich kenne seine verrückte Fahrweise, wenn ihn die Wut gepackt hat.

Zwei Tage hatte ich nichts gehört, und das war schon ungewöhnlich. Heute dann, auf dem Heimweg, traf ich Fräulein Weich. Sie wurde mir mal von Tante Els vorgestellt, und wir waren auch zum Kaffee bei ihrer Mutter. Beinahe wäre sie an mir vorübergerauscht; denn obwohl sie hübsch ist, läßt ihre Haltung zu wünschen übrig. Sie hat die Angewohnheit, mit gesenktem Kopf durch die Straßen zu laufen. Wahrscheinlich ist sie meist tief in Gedanken versunken – ein nachdenklicher Mensch.

Natürlich grüßte ich. Sie schrak auf.

„Ach, Barbara! Verzeihen Sie, ich habe Sie gar nicht gesehen. Na ja, kein Wunder, ich muß erst einmal den

Ärger verdauen, den wir heute im Büro hatten", sagte sie und stöhnte.

Sie ist auf dem Rathaus beschäftigt und arbeitet direkt für den Bürgermeister, habe ich gehört.

„Unser Chef", fuhr sie fort, „war heute wieder mal ungenießbar, und alles nur, weil sein Sohn auf und davon ist. Na, Sie wissen das sicher besser als ich", sagte sie und sah mich neugierig an.

Mein Herz begann zu rasen. „Was soll ich wissen?" fragte ich unsicher.

„Na, das von Gerd."

„Ich weiß gar nichts."

„Aber . . ., aber Sie sind doch mit ihm befreundet, und man sagt, . . .", sie führte den Satz nicht zu Ende. „Entschuldigen Sie, ich will ja nicht tratschen. Es ist mir so herausgerutscht. Wie geht es Ihnen? Und Ihrer Tante? Man sieht Ihre Tante ja gar nicht mehr."

Ich mußte mich sehr zusammennehmen, um ruhig zu antworten. Ob es mir gelang? Ich glaube, sie spürte, wie aufgeregt ich war. Gern hätte ich über den Krach Näheres erfahren; aber ich wagte nicht zu fragen.

Vielleicht liegt zu Hause eine Nachricht, dachte ich, und ich verabschiedete mich so schnell wie möglich.

Ach, ich bin so unsicher.

Ich lief heim.

„Habe ich Post?" fragte ich.

Tante Els sah mich vorwurfsvoll an. „Nicht, daß ich wüßte."

„Ich muß noch einmal weg", sagte ich und vertauschte meine Hochhackigen mit einem Paar Sportschuhe. Dann lief ich eilig durch die Straßen zum Hohlweg, überquerte schließlich die Bundesstraße und war endlich allein.

Hier, zwischen Kornfeldern mit dem blühenden Klatschmohn am Wegesrand, ist es so einsam, daß

Feldmäuse über den Weg huschen und die verschiedensten Käfer ihre Bahnen ziehen. Man begegnet kaum jemandem, und das war das, was ich nun wollte, denn ich hatte das Gefühl, jeder konnte mir meine Angst, meine Sorgen ansehen.

Immer wieder fragte ich mich: Warum hat Gerd mich nicht benachrichtigt? Jede Gewißheit ist besser zu ertragen als Ungewißheit.

Schließlich blieb ich stehen und sah hinüber zu Gerds Elternhaus. Ein schönes Haus, fast wie ein Schloß. Jugendstil. Aber ob ich mich je darin wohlfühlen könnte? Vor allem wenn man mir dort mit Feindschaft begegnen würde?

Unsinn! Ich hatte diesem alten Mann da oben nichts getan, und mein Elternhaus in Danzig-Langfuhr, das jetzt in Schutt und Asche liegen soll, hätte sich durchaus mit seinem messen können. Sollte er nicht dankbar sein, daß er auf der besseren Seite des ehemaligen Vaterlandes wohnt, daß er zur Begleichung der Kriegsschuld nicht herangezogen worden ist? Natürlich war er herangezogen worden: er hatte einen Sohn verloren. Aber war das nicht auch Gerds Unglück?

Ich redete mich in eine Wut hinein.

Vielleicht ist es gut so, wenn ich mit Gerd ganz von vorn anfange. Vielleicht ist er nach München zu seinem Freund geflüchtet? Vielleicht holt er mich nach? Ach, wie herrlich: Großstadt, und wir sind jung und gesund und könnten etwas aufbauen. Wir lieben uns, und das ist das Wichtigste. Und wenn ihm ein Unfall zugestoßen wäre – so versuchte ich, mich zu beruhigen –, dann wüßte man es längst.

Dennoch konnte ich später stundenlang nicht einschlafen. Deshalb bin ich schließlich aus dem Bett gekrochen, um mir das alles vom Herzen zu schreiben.

* * *

Donnerstag

Endlich Nachricht von Gerd! Und das ausgerechnet, während mir mein Chef diktierte. Als das Telefon läutete, hob er ab.

„Moment! – Für Sie", sagte er und reichte mir den Hörer herüber.

Meine Stimme zitterte: „Ja, bitte?"

„Barbara!"

„Ja", antwortete ich erleichtert. Gleichzeitig bemerkte ich die Ungeduld meines Chefs.

„Hör zu, ich bin in München, bei Robert. Im Augenblick allerdings in einer Telefonzelle."

Fragen drängten sich mir auf, doch ich wagte nicht, sie auszusprechen.

„Ich weiß", sagte er, „du kannst jetzt nicht reden. Ich schreibe dir. Sag niemandem, wo ich bin."

„Aber . . ." – Er hatte aufgelegt. Nachdenklich legte ich den Hörer auf die Gabel.

„Na, wo steckt denn Ihr Ausreißer?" fragte Herr Sorg.

„Er hat es mir nicht gesagt."

„Sachen sind das, Sachen!" meinte er kopfschüttelnd. „Mädel, Mädel, auf was lassen Sie sich da bloß ein? – Na, machen wir weiter! Wo waren wir stehengeblieben?"

Ich griff zum Stenoblock, und mit unsicherer Stimme wiederholte ich den letzten Satz.

* * *

Samstag

Sein Brief ist da. Aber was für ein Brief! Fast jedes zweite Wort lautet „Robert". Wie schön er es hat, wie beneidenswert er wegen seines Studiums ist. Obwohl er nur möbliert wohne, habe er es sich gemütlich gemacht. Gerd selbst schlafe zur Zeit bei der Wirtin im Wohnzimmer, und er wolle nun sehen, ob er irgendeine Arbeit bekommen könne, vielleicht im Landwirtschaftsministerium; er habe ja immerhin Landwirtschaft studiert, wenigstens ein paar Semester. Natürlich würde er sicher nur als kleiner Angestellter angenommen werden, aber wenn er das Erbteil von seiner Mutter in Händen haben werde, würde man weitersehen.

Kein Wort davon, daß er mich liebt.

„Habe Geduld, Barbara, Du hörst von mir", schreibt er. „Und verschweige meinen Aufenthalt. Mein Vater ist sonst imstande, hier aufzukreuzen."

Enttäuscht legte ich den Brief zur Seite. Am liebsten würde ich meinen Koffer packen und zu ihm fahren, um zu ergründen, was los ist.

Ich bin unruhig und frage mich ständig: Was weiß ich eigentlich von Gerd?

Und diese Ungewißheit trieb mich heute zu Frau Frey. Zögernd drückte ich auf den Klingelknopf. Sie schien überrascht.

„Hoffentlich störe ich nicht!" sagte ich verlegen.

„Ach, nein, kommen Sie bitte herein!"

Sie führte mich ins Wohnzimmer. Wie gemütlich sie es hat! Nichts schien wie hingestellt. Und ihre Bücher waren nicht wie bei Tante Els hinter Glas in einem schweren Bücherschrank verschlossen, sondern standen griffbereit im Regal.

„Bitte, setzen Sie sich doch!"

Sie strahlt Geist und Würde aus, dachte ich flüchtig, als ich ihr gegenübersaß.

Wie sollte ich beginnen? Sollte ich überhaupt . . .

„Na, wie geht es meiner Freundin Els?" fragte sie.

„Ach, ich denke, gut. Ich befürchte nur, sie ist mit mir nicht zufrieden. Es ist wegen . . ."

„Ich weiß", unterbrach sie mich. „Wissen Sie inzwischen, wo er steckt?"

„Ja", sagte ich, „er ist in München bei seinem Freund Robert."

„Steht er mit dem noch in Verbindung? Sein Vater war Oberstudienrat, und er wurde versetzt. Er zog hier weg.

Er war ein großer Parteifunktionär, Ortsgruppenleiter, glaube ich. Aber die beiden Buben verstanden sich gut. Obwohl Gerd nicht so recht in die damalige Hitlerjugend paßte", sagte sie, „Gerd war ein zarter Bub, feingliederig, einer, der von seiner Mutter verhätschelt und von seinem Vater – wie seine Mutter mal äußerte – geknufft wurde."

Frau Frey sah nachdenklich zum Fenster.

„Ich erinnere mich, wie seine Mutter einmal sagte: ‚Mein Mann ist zu dem Buben ungerecht. Das, was er bei unserem Ältesten mit einem Schmunzeln durchgehen läßt, dafür bekommt unser Kleiner Knuffe.' Ja, so drückte sie sich aus.

Und ich wunderte mich seinerzeit; denn aus Erfahrung wußte ich, daß eigentlich Eltern, wenn sie sich zu ihren Kindern besonders streng verhalten und dieses und jenes mißbilligen, damit meist nur ihre eigenen Fehler bekämpfen, bewußt oder unbewußt. Aber es könnte auch sein, daß sich manche Menschen selbst so lieben, daß sie ihre eigenen Fehler gar nicht wahrnehmen.

Ach, verzeihen Sie, so genau kenne ich die Familie Stein nun auch wieder nicht, daß ich mir ein Urteil erlauben könnte. Ich traf sie gelegentlich auf Gesellschaften, mehr seine Frau; denn der Herr Stein hielt sich in der Nazizeit sehr zurück. Und wenn er jetzt der Stadt zu Ansehen verhelfen will, so hat das gewiß nicht nur mit Ehrgeiz zu tun. Ich glaube, damit würde man ihm nicht gerecht werden. Es ist anzunehmen, daß es ihm wirklich um das Wohl der Stadt, um ihren Aufbau geht. Die Wahl steht vor der Tür. Und wenn ihm diese Wahl am Herzen liegt, kann er sich eigentlich eine solche Familienaffäre nicht leisten. Das sollte auch Gerd bedenken", sagte sie.

Das war eigentlich nicht das, was ich hören wollte.

Doch sie fuhr fort: „Und das Image spielt bei den Leuten eine große Rolle. Nun, ich glaube, er wird ihn zurückholen. Und was soll Gerd auch dort in München? Er wird einlenken. Das glaube ich gewiß. Und was will er eigentlich bei seinem Freund, der noch studiert. In welchem Semester ist er denn?" fragte sie.

„Was weiß ich? Ich weiß eigentlich gar nichts, nur so viel", sagte ich verlegen, „daß er sehr von diesem Robert eingenommen ist."

„Das müssen Sie verstehen. Es ist eine enge Kinderfreundschaft. Die beiden hockten viel beieinander. Wo man den einen sah, tauchte auch bald der andere auf. Dennoch, er wird zurückkommen. Und ich bin sicher, was Sie beide betrifft: sein Vater wird einlenken. Was nützt ihm der Hof, wenn er keinen Erben hat? Die Arbeit im Rathaus kann ihm doch nicht das Wichtigste sein.

Außerdem bin ich fest davon überzeugt: wenn sein Vater Sie erst näher kennenlernt, wird er Ihrer beider Heirat zustimmen. Da bin ich gewiß. Meinen Sie nicht auch, Barbara, daß Sie, was das betrifft, nichts übereilen sollten?"

„Na ja", sagte ich und dachte an Gerds kühlen Brief. Nein, kühl war er nicht, eher schwärmerisch, aber dieses Schwärmen galt nicht mir, sondern Robert.

Sehr bedrückt machte ich mich auf den Heimweg. Vielleicht sollte ich zu ihm fahren. Mein erstes Gehalt würde für die Fahrkarte reichen. Tante Els weigerte sich, von mir Kostgeld zu nehmen. „Spare es", sagte sie. Ja, vielleicht sollte ich mich wirklich nächsten Samstag nach Büroschluß in den Zug setzen. Ich kannte ja nun seine Adresse.

* * *

Wieder legte ich Barbaras Tagebuch zur Seite, und ich versuchte, mich an jenes Gespräch zu erinnern. Natürlich sagte ich ihr seinerzeit nicht, warum der Stein sich von den Nazis fernhielt, vielleicht fern halten mußte. Es paßte eigentlich nicht zu seinem Wesen, wie man jetzt an ihm beobachten konnte. Sicher wäre er gern fahneschwenkend in vorderster Reihe marschiert. Aber da soll es – wie man munkelte – in seinem Stammbaum einen Makel gegeben haben, eine jüdische Großmutter oder Urgroßmutter. Und diese Tatsache gebot es ihm – wenn auch zähneknirschend – im Hintergrund zu bleiben.

Möglicherweise war er deshalb auch der erste in der Stadt, der den Amerikanern entgegenzog, der sich bereit erklärte, das Schicksal der Stadt in die Hände zu nehmen. Er machte diese Aufgabe zu seiner heiligen Sache.

Und wie sagte mein Mann: „Kein Mensch wird demütiger, wenn man ihm seine Mängel vor Augen führt und ihm einen Grund gibt, sich zu schämen." Und er hatte sich wohl geschämt, weil man ihm die Mitgliedschaft in der Partei verweigerte. Möglicherweise sah er deshalb nach Kriegsende seine Stunde als gekommen an, und es trieb ihn dazu, die Stadt zum Blühen zu bringen, um sich zu beweisen.

Und da paßte wohl eine Barbara, die Nichte eines ehemaligen Parteigenossen, der vermutlich an seinem damaligen Urteilsspruch mitgewirkt hatte, nicht in seine Pläne.

Els, mit der ich seinerzeit viel über Politik stritt, hatte sich gleich nach Kriegsende in die Kirchenarbeit geflüchtet. An ihrem verstorbenen Mann konnte er sich nicht rächen. Vielleicht nun an seiner Nichte? Es mag sein, daß meine damaligen Gedankengänge falsch waren. Oder vielleicht auch nicht.

Es dämmerte bereits. Ich knipste die Tischlampe an und beugte mich erneut über Barbaras Tagebuch, um weiterzulesen.

* * *

Montag

„Die Reise nach München war für mich eine riesige Enttäuschung, besonders Gerds Freund Robert, den er über alles zu schätzen scheint, denn er war kolossal von ihm eingenommen, wahrscheinlich weil er mit ihm über Themen diskutieren kann, von denen ich keine Ahnung habe, z. B. über die Hintergründe von Franz Kafkas Roman. Ich kam mir bei diesen Gesprächen – es war in einem Café – überflüssig vor.

Robert war mir vom ersten Augenblick an unsympathisch, und ich glaube das beruhte auf Gegenseitigkeit.

Ich fand es ziemlich taktlos, daß er mit zum Bahnhof kam. Ich hatte mich doch so auf das Wiedersehen mit Gerd und auf unsere Zweisamkeit gefreut. Und ich fuhr zu ihm, weil ich glaubte, ich könnte die Ungewißheit nicht länger aushalten. Jetzt ist sie größer als zuvor. Das habe ich wirklich nicht geahnt, als ich kurzerhand mein Geld zählte, in der Mittagspause zur Post lief, ein Telegramm schickte und mir anschließend auf dem Bahnhof die Fahrkarte kaufte.

„Man läuft keinem Mann nach“, meinte Tante Els.

Für mich gab es kein Halten, und ich wollte groß-

städtisch chic angezogen sein, um vielleicht auch seinem Freund zu imponieren. Was das betrifft, so hätte ich mir mein Schuldenmachen sparen können!

Ich machte nämlich am Samstag nach Büroschluß einen Schaufensterbummel. Nichts gefiel mir – nur das für mich unbezahlbare Anthrazit-Kostüm, das im Modegeschäft von Gröberfelds ausgestellt war. Dazu würden meine weißen Schuhe, die Handtasche und die Handschuhe passen. Aber da war der Preis. Anprobieren kostet nichts, sagte ich mir und gab mir einen Ruck, hob den Kopf und betrat das Geschäft, als hätte ich die Tasche voller Geld.

Wenig später stand ich in meinem Traumkostüm vor dem Spiegel. Oh, ja, das gefiel mir! Und nicht nur mir: ein Ehemann, der sitzend auf seine Frau wartete, die sich in der Umkleidekabine befand, flüsterte mir im Vorübergehen zu: „Oho, damit könnten Sie auf dem Laufsteg Karriere machen, Fräulein."

„Leider zu teuer!" sagte ich zur Verkäuferin.

„Das dürfte doch kein Problem sein", erwiderte die zierliche Person um die dreißig, die sich auf hohen Stöckelschuhen elegant bewegte. Dabei lächelte sie gewinnend. „Sie können es gern auf Abzahlung haben."

Ich zögerte und sagte, indem ich vor dem Spiegel nachdenklich mein offenes Haar zurückstrich: „Ich weiß nicht, ob ich Schulden machen soll."

„Ach du lieber Himmel", raunte sie mir zu, „das sollte Sie nicht bedrücken. Alle Welt lebt heute auf Kredit. Was meinen Sie, auf welche Weise die Leute heutzutage ihre Häusle bauen?"

Einen Augenblick dachte ich an Tante Els, wie sie über das Schuldenmachen der Leute lästerte, aber wirklich auch nur einen Augenblick, dann siegte das Habenwollen, und ich unterschrieb den Kaufvertrag. 15 Deutsche Mark im Monat, das ist zu verkraften.

Natürlich gab es zu Hause eine kurze Strafpredigt, die ich geduldig über mich ergehen und gleich an mir abgleiten ließ, weil ich glaubte, das könnte ich für das Wiedersehen und einen Tag Glück mit Gerd in Kauf nehmen.

Doch – wie erwähnt – der Tag verlief nicht wie erträumt.

Ich finde, Gerd hat sich verändert, und das Warum? Wieso?, das ist die Frage, die mich jetzt peinigt.

Ich stieg aus dem Zug und sah ihn stehen.

„Hallo, Gerd", rief ich und fiel ihm um den Hals. Gleich darauf tauchte auch schon dieser Robert auf. Er kam mit wehendem Mantel durch die Menge gerauscht, unter seinem Arm klemmte eine Rolle, die, wie ich später erfuhr, Baupläne enthielt. Und er machte ein Gesicht, das zu sagen schien: Sieh mich an, ich bin wer!

Dieses Auftreten schüchterte mich ein. Er hat – wie mir Gerd stolz berichtete – sein Philosophiestudium an den Nagel gehängt und ist zur Architektur übergewechselt. Das habe Zukunft, meinte Gerd. Nein, ich kann mir nicht helfen, er war mir mit seinem Bürstenhaarschnitt und seinen dunklen, kalt wirkenden Augen vom ersten Moment an nicht geheuer.

Und was wird aus uns beiden, hätte ich Gerd gern die ganze Zeit gefragt.

Kein Wort.

Im Café dann sprach er davon, daß er sich das Erbe seiner Mutter auszahlen lassen wolle. Der Alte würde schon spüren, was das für ein Aderlaß für den Betrieb bedeutete. Jedenfalls sei die Zeit vorbei, in der er sich Vorschriften habe machen lassen. Und seine Stimme wurde laut, so als müßte er sich selbst davon überzeugen.

Kein Wort über mein neues Kostüm und kein Wort über unsere Liebe.

Der Tag schlich dahin, und abends dann am Zug, kurz vor der Abfahrt, waren wir endlich allein. Ich hatte einen Eckplatz erwischt. Ach, und ich hatte noch soviel auf dem Herzen. Doch irgendeine Scheu verschloß mir den Mund.

Gerd schien es ähnlich zu gehen. Seine schönen honigfarbenen Augen wirkten unruhig. Ich stand am Abteilfenster. Er reichte zum Abschied seine Hand herauf. Ich hielt sie fest.

„Habe Geduld, Barbara, du hörst von mir. Ich muß erst selbst sehen, wie es weitergehen soll", sagte er mit leiser, gequält klingender Stimme. „Auch ich würde gerne studieren, aber ich werde mich wohl um eine Anstellung bemühen müssen."

Bereust du dein Versprechen, Gerd? Liebst du mich überhaupt noch? Diese Fragen bedrängten mich, blieben mir aber im Hals stecken, schon wegen der Leute ringsum. Noch zwei Minuten – noch eine. Ach, der Zeiger rückte gnadenlos weiter.

Die forsche Stimme des Rotbemützten rief: „Einsteigen! Türen schließen!" Er hob die Kelle. Ein schriller Pfiff. Die Dampflok begann zu prusten, und Gerd lief noch ein Stück neben dem Zug her, blieb stehen. Wir winkten uns zu, bis er zum Pünktchen zusammenschmolz.

Ich sank auf meinen Eckplatz. Die dicke Frau, die mir gegenübersaß, raschelte mit Butterbrotpapier. Ich schloß die Augen und weinte in mich hinein. Ich fühlte mich so verwundet.

Und Gerd, was ist da zwischen uns? Hat dich dein Freund Robert gegen mich aufgehetzt?

Spät in der Nacht schloß ich unsere Wohnungstür auf. Ich hörte Tante Els husten, überlegte, ob ich zu ihr gehen sollte. Nein, das konnte ich nicht. Ich konnte ihr in diesem Moment kein Theater vorspielen, dazu war ich zu traurig, und ihr „Siehst du, das hast du nun davon!“ hätte ich nicht ertragen.

Auch heute morgen sahen wir uns nicht. Sie ist im Bett geblieben, und ich bin froh darüber; denn das Mich-verstellen-Müssen fällt mir schwer.

* * *

Abends

Tante Els ist krank. Als ich heute nach Hause kam, war Frau Frey bei ihr. Der Arzt sei dagewesen und habe eine Lungenentzündung festgestellt, flüsterte sie mir zu.

Ich ging sofort in ihr Schlafzimmer. Schwer atmend und mit geschlossenen Augen lag sie in ihren Kissen. Ich griff nach ihrer Hand, aber ruckartig schob sie die meine weg.

Ich ging aus dem Zimmer und weinte bitterlich.

„Das müssen Sie nicht persönlich nehmen“, sagte Frau Frey, „Els war schon immer ein Mensch, der jedes Mitleid ablehnt. Hat sie denn schon lange gehustet?“

„Ja“, sagte ich.

„Ich weiß, ich weiß, ehe sie damit herausrückt, daß sie sich nicht wohlfühlt, muß es schon ganz schlimm kommen. Laufen Sie in die Apotheke und holen Sie die Medikamente. Welch ein Segen, daß es jetzt Penicillin gibt! Früher mußte man sich mit Senfpflastern und Umschlägen behelfen. Alle vier Stunden muß sie die Tabletten schlucken. In dieser Nacht bleibe ich hier. Ich schlafe im Wohnzimmer auf der Couch. Auch morgen noch.“

„Aber, das kann ich doch übernehmen“, sagte ich, war aber im Grunde herzlich froh, diese Verantwortung nicht aufgebürdet zu bekommen. Ich fühle mich

doch sicherer, wenn ich nicht allein mit der Erkrankten bin.

In dieser Nacht konnte ich lange nicht einschlafen. Ich machte mir Vorwürfe. Vielleicht bin ich nicht ganz schuldlos an Tante Els' Zustand? Vielleicht . . ., vielleicht . . .

Schließlich beruhigte ich mich selbst: Ach was, eine Lungenentzündung bekommt man nicht durch seelischen Kummer!

* * *

Eine Woche später

„Was war denn heute nacht los?" fragte mich Tante Els.

„Du hast mich gehört, Tante?" Ich stand im Bad vor dem Spiegel und bürstete mir das Haar, und dabei hatte ich „Die Caprifischer" vor mich hin gesummt. Tante Els war aus ihrem Schlafzimmer gekommen und stand nun in der Tür des Badezimmers.

Wie dünn sie geworden ist, dachte ich voller Mitleid. Ihre Erkrankung hatte uns einander nähergebracht.

„Gerd ist zurück. Und denk dir, Tante, Gerds Vater ist jetzt nicht mehr gegen unsere Heirat."

Diese Mitteilung schien ihr die Sprache zu verschlagen. Ich steckte mir das Haar auf, wie das Mannequin, das ich kürzlich bei einer Modenschau gesehen habe. Ich finde das schick, und ich habe festgestellt, daß ich mit dieser Frisur auffalle und die Leute mir nachschauen, und nicht nur die Männer! Anschließend schlüpfte ich in mein leichtes, geblümtes Sommerkleid. Nach tagelangem Regen schien endlich wieder mal die Sonne.

„Und deswegen muß er dich mitten in der Nacht

wecken?" fragte Tante Els. „Wie hat er das eigentlich angestellt?"

„Ganz einfach: er warf Kieselsteine an die Scheiben."

„Hast du schon wieder bei offenen Fensterläden geschlafen?"

Tante Els ist eine starke Persönlichkeit, aber was die offenen Fensterläden betrifft, da hat sie einen schwachen Punkt, da fürchtet sie sich ständig vor Einbrechern.

„Ich seh so gern den Sternenhimmel", was nicht ganz stimmt, denn meist schlafe ich tief und fest. Eher könnte ich behaupten, bei geschlossenen Läden fühlte ich mich eingesperrt. Ob das mit dem Bunker, in dem wir damals auf der Flucht aus Danzig einige Tage hausen mußten, während draußen die Russen mit ihren Panzern vorbeidonnerten, zusammenhängt?

„Denk dir", fuhr ich fort, „Gerds Vater hat die Wirtschafterin Frau Hardt nach München geschickt, um Gerd wissen zu lassen, daß er in unsere Ehe einwilligt."

„Na ja", sagte sie und hielt oben am Hals den Morgenrock zusammen, so als friere sie. „Es bleibt abzuwarten, ob er sich nicht eines Tages rächt. Daß er Gerds Erpressung – und sein Davonlaufen war doch eine – so einfach hinnimmt, kann ich nicht glauben."

„Aber Tante", sagte ich, „man soll doch nicht immer das Schlechteste von einem Menschen annehmen. Könnte es nicht auch so sein, daß er aus Liebe zu seinem Sohn nachgegeben hat?"

„Schön wäre es ja, und ich wünsche dir das von ganzem Herzen, aber . . ."

„Ach, Tante!"

„Nun gut, ich will dir deine Illusionen nicht rauben. Schließlich ist jeder selbst seines Glückes Schmied."

„Du kannst jetzt ins Bad", sagte ich und schlüpfte an ihr vorbei in mein Zimmer. In mir jubelte es.

Heute abend werde ich ihn wiedersehen, dachte ich, und alles weitere wird sich finden.

Glücklich bin ich, daß er nicht mehr bei dem schrecklichen Robert wohnen muß.

Gestern nacht, als plötzlich die Kieselsteine am Fenster klirrten und mich aus dem Schlaf rissen, lief ich – nur mit meinem schnell übergezogenen Morgenrock und barfuß – nach unten und fiel Gerd vor Freude um den Hals.

Er erzählte mir, Frau Hardt habe darauf bestanden, daß er mit ihr heimfahre. Er habe sie bei der Ankunft vor der Haustür abgesetzt und sich nicht nehmen lassen, gleich zu mir zu eilen.

„Du bist mir doch nicht böse, daß ich dich geweckt habe?"

„Aber Gerd, ich bin glücklich."

Es war kühl. „Du zitterst ja, Barbara", sagte er und rieb mir die Hände. „Es fehlt bloß noch, daß du dich vor unserer Hochzeit erkältest."

Als ich erwiderte: „Na, so bald werden wir wohl kaum heiraten", antwortete er: „Du wirst dich wundern, wie bald. Gleich heute früh nagele ich meinen Vater fest!" – und seine Stimme klang siegesbewußt.

Als ich dann dummerweise beim Frühstück davon erzählte, dämpfte Tante Els meine Freude.

„Was eine Wahl so alles bewirken kann!" sagte sie.

„Wieso?"

„Wieso, wieso?" wiederholte sie. „Er braucht für sein Image eine weiße Weste, da paßt kein Familienzank." Energisch schnitt sie eine Laugenbrezel auf. „Ich mische mich da nicht mehr ein. Du kennst ja meine Meinung."

Sie wies auf das Gemälde über der Anrichte. „Ich werde den Liebermann versteigern lassen. Die Amerika-

ner sollen ganz wild auf deutsche Kunst sein. Und damit werde ich eure Hochzeit ausrichten."

„Aber, Tante!"

Sie hob die Hand. „Laß man, das muß sein. Das gehört ja dazu. Und nachsagen lasse ich mir nichts."

Ich sprang freudig auf, trat hinter ihren Stuhl, schlang die Arme um ihren Hals und schmiegte mich an sie.

„Na, na, na, du erdrückst mich ja!" Sanft befreite sie sich. Das ist ihre Art und verletzt mich nicht mehr. Im Grunde ist sie ein guter Mensch, und Gerd und ich, wir beide, wir werden ihr schon beweisen, wie unrecht sie mit ihren Unkenrufen hat.

* * *

Sonntag nacht

Es war schrecklich. Ich meine den Antrittsbesuch im zukünftigen Zuhause. Liebte ich Gerd nicht über alles, würde ich nie und nimmer dort hinaufziehen.

Ich war von vornherein gehemmt, weil ich gehört hatte, wie mein zukünftiger Schwiegervater über mich denkt. Er soll gesagt haben: „Was will er mit so einer Modepuppe. Die sieht ja in ihrem engen Kostüm aus, als hätte sie nichts darunter. Nicht mal ein Hemd." Das soll er geäußert haben, bevor er Gerd zurückholen ließ. Trotz unerträglicher Hitze zog ich zwei Hemden unter mein Sommerkleid und schwitzte später erbärmlich.

Gerd holte mich mit dem Auto ab.

„Mach dir nichts draus, wenn er brummig ist. Halt dich an die Frau Hardt, die hat – ich weiß nicht warum – einen großen Einfluß auf ihn, und sie steht auf unserer Seite, und das ist die Hauptsache."

Tante Els war auch eingeladen; sie ließ sich entschuldigen. „Geh du ruhig erst einmal allein hin", sagte sie.

Ich bewaffnete mich mit einem riesigen Sommerstrauß, und als ich dann aus dem Wagen stieg, kam uns Frau Hardt entgegen. Sie ist eine stämmige Person mit einem seltsam nüchternen Gesicht und blaßblauen Augen.

Freundlich schüttelte sie mir die Hand.

„Willkommen, Barbara", sagte sie und bat uns ins Haus.

Mit großen, stampfenden Schritten ging sie voran.

Im Wohnzimmer tickte eine Standuhr, die mich irgendwie an meine Kindertage erinnerte. Frau Hardt bot mir Platz in der Raucherecke an.

„Dein Vater kommt gleich", sagte sie zu Gerd. „Er sitzt noch in seinem Arbeitszimmer über seiner Rede." Sie zwinkerte Gerd zu. „Du kennst ihn ja." Und dann zu mir: „Ich bin froh, daß Gerd Flagge gezeigt hat, und ich denke, wir werden uns vertragen."

Sie musterte mich. „Na ja, schmächtig sind Sie ja", sagte sie, „aber ich werde Sie schon aufpäppeln."

„Bloß nicht", rief Gerd aus, „sie gefällt mir so, wie sie ist."

Wir sprachen über das Wetter. Der Tisch war bereits gedeckt, schönes altdeutsches Porzellan, Tassen mit Goldrand. Es ist nicht mein Geschmack. Ich schwärme für die modernen Formen. Und in der Mitte des Tisches thronte ein Kranzkuchen.

„Darf ich Ihnen vorher etwas anbieten, ein Schnäpsle oder einen Wein?" fragte sie.

„Bitte bemühen Sie sich nicht, Frau Hardt", und ich dachte, vielleicht wäre es doch gut, vielleicht würde ich dadurch lockerer, denn ich fühlte mich schrecklich linkisch und unbeholfen; am liebsten wäre ich gleich wieder davongelaufen.

Und dann kam er, der Mann, der demnächst mein Schwiegervater sein wird. Er begrüßte mich verhalten, aber nicht unfreundlich. Doch seine Augen verrieten mir, daß er mich nicht mochte. Am Kaffeetisch vermied er, mich anzusehen. Oder tat ich es? So genau weiß ich es nicht mehr. Die Stimmung war so spannungsgeladen, daß ich sie fast körperlich spürte. Gerd schien auch wie auf glühenden Kohlen zu sitzen. Krampfhaft versuchte er, ein Gespräch in Gang zu bringen. Doch es wollte ihm nicht glücken. Ich stocherte ziemlich unbeholfen in dem Stück Kranzkuchen auf meinem Teller. Es war mir, als blieben mir die Bissen im Halse stecken. Schließlich versuchte Frau Hardt es mit dem Thema Politik.

„Was sagen Sie dazu, Fräulein Barbara, daß sich die vier Großen, die Siegermächte, bei der Genfer Konferenz wieder nicht einigen konnten?“

„Na, immerhin hat wohl diese Konferenz eine gewisse Entspannung gebracht“, meinte Gerd.

„Was heißt Entspannung?“ fragte sein Vater. „In der Deutschlandfrage sind sie jedenfalls keinen Schritt weitergekommen.“

„Das stimmt“, sagte Gerd, „der Bulganin hat wohl immer wieder erklärt, die Deutschlandfrage sei noch nicht reif. Und die Funktionäre in Ost-Berlin haben verlauten lassen, sie dächten nicht daran, die Errungenschaften der Ostzone preiszugeben.“

„Errungenschaften!“ sein Vater lachte hart auf. „Deren Errungenschaften werden uns weitere Flüchtlinge bescheren. Ich möchte bloß wissen, wo wir mit all den Menschen hin sollen.“

„Häuser bauen“, sagte Gerd.

Wieder lachte er bitter auf. „Du bist gut! Die meisten wollen ihre Grundstücke, Äcker oder Bauland, nicht mehr hergeben. Nicht jetzt. Sie spekulieren darauf, daß die Quadratmeterpreise klettern. Man kann es ihnen nicht verargen. Und ich, ich kann auch nichts mehr verkaufen. Schließlich willst du mit deinen Nachkommen den Hof mal erben. Oder?“

In diesem Augenblick hörte man Holzpantoffelgeklappere. Die Magd riß die Tür auf.

„Chef, kommen Sie schnell, der Jungbulle hat sich von der Kette gerissen und jagt die Kühe über die Weide!“

Sie strich sich die Haarsträhnen aus der Stirn.

Der Hausherr sprang sofort wütend auf. „Sauwirtschaft!“ schrie er. „Hat der Kerl den Pflock immer noch nicht befestigt?“

Er raste hinaus, und Gerd folgte ihm. Ich atmete erleichtert auf.

„Wollen Sie noch einen Kaffee?“ fragte Frau Hardt.

Ich schüttelte den Kopf.

„Na ja, hier ist schon manchmal was los! Kommen Sie, Barbara, ich zeige Ihnen inzwischen das Haus.“

Sie führte mich in ihre blitzsaubere, modern eingerichtete Küche, weißgekachelt wie ein Labor, und öffnete den Kühlschrank, der vollgepackt war.

„Der erspart mir manchen Gang in den Keller“, sagte sie. „Der Chef, als Bürgermeister, muß beim Kaufen mit gutem Beispiel vorangehen. Schließlich soll ja die Wirtschaft hier am Ort florieren. Ansonsten ist er ja fürs Sparen. So hat eben alles seine zwei Seiten“, meinte sie, mir zuzwinkernd.

Sie öffnete eine Tür. „Hier ist der Vesperraum fürs Personal. Wir essen drüben. Kommen Sie!“

Wieder öffnete sich eine Tür. Der Raum war klein, aber anheimelnd schwäbisch, mit rustikaler Eßecke.

„Meist sitze ich ja hier mit Gerd allein am Tisch. Der Chef kommt ja kaum noch pünktlich vom Rathaus weg. Die ewigen Sitzungen und Dienstreisen. Da war es schon höchste Zeit, daß Gerd nach Hause zurückkam.

Wenigstens einer muß doch hier nach dem rechten sehen.

Ich habe dem Chef auch tüchtig eingeheizt. Er wollte ja, daß Gerd die Ursel heiratet. ‚Erstens ist das nicht deine Sache, Chef', habe ich zu ihm gesagt, ‚und außerdem, was soll Gerd mit dieser Großklappe? Die buttert ihn doch schnell unter.'

Na ja, er ist kein schlechter Kerl, unser Chef. Und wenn er Sie erst richtig kennt, wird er froh sein, so eine nette, repräsentative Schwiegertochter zu bekommen."

Da bin ich nicht ganz sicher, dachte ich, aber ich sagte es nicht.

„Also kommen Sie, ich will Ihnen gleich noch sein Arbeitszimmer zeigen. Gleich nebenan hat er jetzt seine Schlafstube. Da stört ihn niemand, wenn er spät ins Bett geht oder nachts rastlos auf und ab schreitet, weil er irgendwelche Probleme wälzt."

Ich blickte mich kurz um.

„Und jetzt gehen wir nach oben", sagte sie.

Wir stiegen die schöne, breite Treppe hinauf zum ersten Stock. Wieder öffnete sie eine Tür.

„Das hier ist Gerds Reich", erklärte sie. Ich sah mich besonders interessiert um.

Das Zimmer war hell und freundlich, sehr ordentlich standen die Bücher in den Regalen. Überhaupt wirkte das Zimmer aufgeräumt.

„Hier liest der Bub oft bis mitten in die Nacht. Doch jetzt, wo er Sie hat, ist es nicht mehr so arg", sagte sie.

„Er hat es wirklich gemütlich", sagte ich und wies auf das Fensterbrett. Dort blühten exotische Pflanzen. Wie schön, wie anheimelnd, dachte ich.

„Ja", erwiderte Frau Hardt, „und bei Gerd braucht man nie aufzuräumen. Das macht er alles selbst. Er hilft mir sogar in der Küche, und er ist oft geschickter

als manches Mädel", schwärmte sie. „Sein Vater foppt ihn zwar deswegen, aber da läßt er sich nicht beirren. Kommen Sie, ich will Ihnen noch die anderen Räume zeigen."

Es waren schöne Räume, und im Geist richtete ich sie mir nach meinem Geschmack ein. Ja, wenn Gerd und ich hier eine kleine abgeschlossene Wohnung haben dürften, wenn ich dadurch seinem Vater so oft wie möglich aus dem Wege gehen könnte, würde ich mich vielleicht eingewöhnen können.

Wir gingen wieder nach unten.

Als Gerd mit seinem Vater zurückkam, flüsterte ich ihm zu: „Gerd, ich möchte heim."

„Gut", sagte er, „ich will mich nur noch waschen und umziehen. Du siehst ja, wie ich aussehe."

Auf der Heimfahrt fragte er: „Du bist so still, Barbara. Hat es dir nicht gefallen?"

„Gerd, ich möchte mit dir allein wohnen."

„Du, das geht nicht", sagte er.

„Aber euer Haus ist groß. Ließe sich da oben nicht eine abgeschlossene Wohnung ausbauen?"

„Daran habe ich auch schon gedacht", sagte er. „Ich werde mal mit meinem Vater reden."

„Gerd, kannst du denn keine Entscheidungen allein treffen?"

Und da war es wieder, sein Lächeln, das mich von Anfang an bezaubert hat und das ich seit München so oft vermißt habe. „Habe ich dir das nicht bewiesen?" fragte er.

„Aber ja, Gerd!"

„Also, vertraue mir, Kleines. Vielleicht läßt sich dein Wunsch bald erfüllen", sagte er.

Er hat recht, ich sollte ihm wirklich vertrauen, denn er hat für unsre Liebe viel auf sich genommen. Und welche Überwindung es seinen Vater wohl gekostet hat, ihn zurückzuholen, das habe ich heute zu spüren bekommen; er mag mich nicht, und sicher hängt Gerds verändertes Verhalten seit München damit zusammen; denn irgend etwas ist zwischen uns anders geworden.

„Liebst du mich, Gerd?" fragte ich, als er vor unserem Haus hielt.

„Aber ja doch, Mädchen, das weißt du doch."

„Wollen wir nicht noch ein bißchen hinausfahren? Das Wetter ist schön."

Er sah auf seine Armbanduhr. „Heute nicht, Barbara, weißt du, heute abend gibt es im Radio ein Konzert, das ich nicht versäumen möchte."

Ich konnte meine Enttäuschung nicht verbergen.

„Ich hatte ja gehofft", fuhr er fort, „wir würden es uns gemeinsam anhören. Karl Schurich dirigiert. Aber du wolltest ja heim."

Was ich will, Gerd, dachte ich, ist: mit dir allein sein. Doch ich schwieg. Dann schämte ich mich vor mir selbst. Hatte ich mir nicht einmal vorgenommen, ihm die Frau zu sein, die er sich wünscht?

„Wir sehen uns Mittwoch, ja, Kleines?" fragte er sanft, so sanft, daß ich dahinschmolz und glücklich zustimmte.

„Wie, du bist schon zurück?" fragte mich Tante Els, als ich die Wohnung betrat.

„Ich habe Kopfschmerzen", log ich, und ich dachte: Es fehlt bloß noch, daß du mich jetzt auszuquetschen beginnst.

Sie tat es nicht, und ich war froh darüber; denn trotz meines Mir-selbst-gut-Zuredens schmerzte es mich, daß mein Liebster ein Konzert dem Zusammensein mit mir vorzog.

Ich setzte mich an den Schreibtisch und stützte meinen Kopf in die Arme.

Irgendwie hat sich Gerd seit seiner Rückkehr verän-

dert. Oft, viel zu oft, weichen mir seine Augen aus. Aber warum? Wieso? Gerd, ich tappe völlig im Dunkeln.

Und ihn fragen? Nein, das geht nicht. Ich habe das Gefühl, er mag von mir ebensowenig ausgefragt werden wie ich jetzt von Tante Els.

Was soll's? Ich liebe ihn, und ich kann mir ein Leben ohne ihn nicht mehr vorstellen.

* * *

Anfang September

Gerds Vater kann sehr liebenswürdig sein. Nicht zu mir, das keineswegs, sondern zu anderen Frauen.

Heute, als Gerd mich wieder einmal zu sich nach Hause holte – schließlich steht unsere Hochzeit vor der Tür, und da gibt es die Einrichtung der Wohnung zu planen, alles auszumessen und dergleichen mehr –, kam wie schon öfter Gerds Cousine Susanne vorbei. Sie ist eine strahlende, quicklebendige kleine Person, und Frau Hardt lobt ihre Tüchtigkeit. Ich glaube, schon deshalb entpuppt sich Gerds Vater zu einem charmanten Mann. Da er mich übersieht, komme ich mir klein und mickrig vor. Wenn ich neben Susanne in der Küche hantiere, meine ich, ich besäße zwei linke Hände! Besonders wenn Gerds Vater dabei ist! Susanne aber kann mit ihm umgehen, daß er nur so dahinschmilzt. Ich spüre dann eigenartigerweise Neid und wünsche mir, ich könnte ihn auch so beeindrucken.

Ihre Unterhaltung dreht sich vorwiegend um die Landwirtschaft, von der ich nicht viel verstehe. Zum Beispiel, wann die nächste Kuh kalbt oder die Sau ferkelt. Susanne interessierte sich heute auch für den neuen Traktor, stieg auf und drehte damit gleich eine

Hofrunde. So etwas gefällt dem alten Herrn. Breitbeinig, die Hände in den Hosentaschen, mit einem Gesicht, das Wohlwollen ausdrückte, sah er ihr zu und half ihr später beim Heruntersteigen. Sie geht auch auf seine Amtsgeschäfte im Rathaus ein. So ähnlich stelle ich mir Ursula Müller vor, die Gerd heiraten sollte. Jedenfalls kam ich mir in Susannes Gegenwart entsetzlich unbedeutend und überflüssig vor.

„Dein Vater wird mich nie akzeptieren", sagte ich später zu Gerd, als wir oben die Fenster für die Gardinen ausmaßen.

Er lachte und neckte mich, legte den Zollstock aus der Hand und wirbelte mich durch die Gegend. „Sag mal, heiratest du mich oder meinen Vater?" Dann nahm er mich in die Arme.

Nein, zu nahe tritt er mir nicht. Wenn er auch von seiner Kirche nichts wissen will, so scheint doch das, was sie lehrt, nämlich unschuldig in die Ehe zu gehen, tief in ihm verankert zu sein. Ich finde seine Zurückhaltung manchmal übertrieben.

Ach ja, Kirche! Wir werden katholisch getraut. Aber Gerd will nicht, wie sein Vater es möchte, daß ich zu seinem Glauben übertrete.

„Dazu lassen wir uns nicht zwingen", sagte er. Dabei machte er ein Gesicht, als habe er einen Sieg errungen. Das ist auch ein Konflikt, den ich gern aus der Welt geschafft hätte. Ich sitze da wie zwischen zwei Stühlen. Um des lieben Friedens willen hätte ich gern seinen Glauben angenommen. Schließlich ist es doch derselbe Gott, zu dem wir beten. Doch in diesem Fall läßt Gerd nicht mit sich reden.

Mit Frau Hardt, die die Krone vom Ganzen zu sein scheint, werde ich auch nicht richtig warm. Eins weiß ich schon jetzt: Zu sagen habe ich da nicht viel!

Ich versuche, mich auf unsere Wohnung im ersten

Stock zu freuen, in die ich mich dann abends mit Gerd zurückziehen kann.

Einen Kummer habe ich noch: Die modernen leichten Möbel wollen nicht so recht in den großen Wohnraum passen. Vielleicht kann ich ihn durch das leichte Bücherregal unterteilen. Gerd besitzt ja eine Menge Bücher. Sein jetziges Zimmer könnte uns später als Kinderzimmer dienen.

Ach, was soll's? Im Grunde habe ich eine nicht definierte Angst vor meinem neuen Zuhause.

Tante Els scheint es zu ahnen. Sie sagte kürzlich: „Sei bloß nicht unterwürfig, schaff dir eine Stellung, in der du respektiert wirst!" Leicht gesagt. Vielleicht hätte ich ihren Rat befolgen sollen, noch vor unserer Heirat eine Hauswirtschaftsschule zu besuchen. Können schafft Sicherheit. Aber davon will Gerd absolut nichts wissen: „Was du brauchst, zeigt dir Mutter Hardt!"

Ich werde das Gefühl nicht los, daß er unsere Heirat so schnell wie möglich unter Dach und Fach bringen will. Hat er Angst, ich könnte es mir noch überlegen?

* * *

An dieser Stelle endeten Barbaras Aufzeichnungen. Ich blätterte weiter und sah, daß sie erst lange Zeit später damit fortfuhr, und da war sie längst verheiratet.

Ich klappte das Buch zu und ging spazieren. Auf diesem Spaziergang versuchte ich, mir jene Zeit zu vergegenwärtigen, die in Barbaras Tagebuch übersprungen war.

Ich erinnere mich gut an das Gerede, das es gab, als die Hochzeit der beiden bekanntgegeben wurde. Da hieß es: „Das ist eine ‚Muß-Heirat'; da ist bestimmt etwas unterwegs. Warum sonst diese Überstürzung? Die beiden haben sich – soviel bekannt ist – doch erst vor einigen Monaten kennengelernt. – Na, ob dieses Zierpüppchen für Gerd die Richtige ist? Die gehörte doch eher in einen Beamtenhaushalt als in so eine Wirtschaft."

All diese Sätze, irgendwo aufgeschnappt – ich wußte nicht mehr, von wem –, kehrten in mein Gedächtnis zurück.

Und dann Els! Sie fügte sich drein und verkaufte nicht nur das Gemälde von Max Liebermann, sondern auch noch ein paar andere Kostbarkeiten, um ihre Nichte mit dem Nötigsten auszustatten.

Und dann die Hochzeit! Es war einer der letzten schönen Herbsttage. Auch ich war eingeladen. Und ich machte mir so meine Gedanken über das Brautpaar. Es war wohl eine moderne Hochzeit, ohne Kranz und Schleier. Den Schleier ersetzte ein Traumgebilde von einem Hut. Das Kleid war rosa und figurbetont. Die Braut verstand sich anzuziehen. Aber das alles täuschte nicht darüber hinweg, daß sie blaß und verängstigt wirkte. Das machte mich nachdenklich. Doch darauf kam ich nicht, daß sich unser Schicksal womöglich vergleichen ließ: Denn auch meine Ehe blieb seinerzeit eine sogenannte Josephsehe.

Gerd war ein strahlender Bräutigam. Er schien glücklich. Rückblickend möchte ich sagen, er war wohl der Glücklichere von beiden – und sehr stolz auf seine Braut. Sein Gesichtsausdruck – daran erinnere ich mich – wirkte auf mich, als wollte er sagen: Schaut mal her, ich habe sie nun doch gekriegt!

Ich betrachtete Barbara, und ich weiß noch, was mir durch den Kopf ging. Liebes Kind, dachte ich, kühle nicht so schnell ab, kalt wird es von selbst, und neues Anwärmen bereitet Schwierigkeiten!

Und sein Vater! Er schien sich bewußt aufrecht zu halten. Aber seine Augen waren abweisend, jedenfalls blickte er anders als bei seiner großen Rede, die er kurz vorher im Gemeindesaal gehalten hatte. Nur mit Mühe konnte er seine Enttäuschung verbergen. Erst nachdem er einiges getrunken hatte – zu dieser Zeit hatte das Brautpaar bereits seine Hochzeitsreise angetreten –, wurde er wieder der Alte. Laut und leutselig sprach er von seinen großen Plänen.

Els dagegen spürte wohl etwas von der gespannten Atmosphäre. Sie war seltsam still.

Nur die Hersfelderin wirkte fröhlich und ausgelassen. „Was für ein Glück hat das Mädel, was für ein Glück", sagte sie ein ums andere Mal, „so einen gutaussehenden und noch dazu vermögenden Mann zu bekommen! Ach, es ist ein Trauerspiel, daß das mein Bruder, ihr Vater, nicht miterleben kann!" Das ist mir deutlich in Erinnerung geblieben.

Ich selbst verließ das Fest, das Els im „Alten Kaiser" hatte arrangieren lassen, sehr bald. Jedenfalls ging ich nicht mit hinauf, um Barbaras neues Heim zu besichtigen. Ich täuschte Kopfschmerzen vor. Dort waren die Gäste zum Kaffee geladen.

Die ganze Hochzeit deutete auf eine „Muß-Heirat" hin, und ich selbst war versucht, das zu glauben. Und die Enttäuschung der Leute im Ort war beträchtlich, als sie feststellen mußten, daß sie sich geirrt hatten. Ein neues Rätselraten begann; denn Barbara magerte sichtlich ab. „Sie wird doch nicht etwa die Schwindsucht haben?" argwöhnten einige der Leute. „Sie sollte lieber zum Arzt gehen, denn Tuberkulose ist heutzutage kein Problem mehr", höre ich noch Frau Eberle sagen.

Zu diesem Zeitpunkt war der alte Stein bereits wiedergewählt. Er stürzte sich in seine neuen Aufgaben, und tagtäglich berichtete die Kreiszeitung von seinen Vorhaben. Er wollte das Gesicht unserer Stadt verändern. Alte Häuser sollten abgerissen werden, um die

Straßen zu verbreitern. Und neue Siedlungen fraßen sich bereits in die Landschaft.

Aber auch die Reisewelle begann. Man fuhr nach Italien, und ich erinnere mich gut an jene Worte von Margarete Schulz, der Frau des Direktors der Spinnerei, als ich sie fragte, wie ihr die Reise im neuen Wagen gefallen habe: „Ach, wissen Sie“, sagte sie, „das ist heute nichts Besonderes mehr. Es waren eine Menge Gemüsehändler unterwegs.“ Und ich erinnere mich noch an ihr enttäuschtes Gesicht und an ihren abwertenden Tonfall, der mich reizte, weil sie vergessen zu haben schien, daß auch sie einmal den ehrbaren Beruf eines Ladenmädchens gehabt hatte.

Nach wie vor kamen und kommen noch Flüchtlinge aus der Zone, und dies erhitzte die Gemüter der Einheimischen.

Die Gefangenen in Rußland boten kaum noch Gesprächsstoff – es sei denn, man war selbst betroffen und hoffte oder bangte um einen geliebten Menschen.

Noch konnte von einem Besuch Adenauers in Moskau keine Rede sein, dem es ja später gelang, die Heimkehr der letzten Kriegsgefangenen zu ermöglichen.

Man war beschäftigt, lang Entbehrtes nachzuholen, und jeder Politiker, der für Wohlleben sorgte, war willkommen. So auch der Stein, der es anzupacken verstand. Da spielte Familienklatsch eine untergeordnete Rolle. Er begann erst wieder zu blühen, als man zu Ohren bekam, daß in der Ehe der beiden jungen Leute irgend etwas nicht stimmen konnte. Dem Personal war es nicht verborgen geblieben, und es schwätzte.

So in Gedanken versunken, machte ich mich auf den Heimweg. Und in dieser Nacht las ich Barbaras Tagebuch fast zu Ende.

DRITTER TEIL

Tagebuch

September

Ich muß mit Gerd sprechen, denn so kann es mit uns nicht weitergehen.

Zunächst habe ich seit langem wieder einmal mein Tagebuch hervorgekramt, weil ich hoffe, durchs Niederschreiben Erleichterung zu finden. Bisher habe ich die Schreiberei unterlassen, weil ich befürchtete, das Buch könnte mal in falsche Hände gelangen – und wer entblößt sich schon gern?

Doch jetzt platze ich, wenn ich es nicht tue, denn wenn ich morgens sehr früh aufwache, glaube ich nämlich, ich müßte ersticken. Mir ist, als schnürte mir jemand die Kehle zu. Ich ringe nach Luft. Am liebsten möchte ich wieder in den Schlaf zurücksinken und nie mehr aufwachen.

Aber dann springe ich aus dem Bett, laufe ins Nebenzimmer, schließe hinter mir ab und stoße die Fensterflügel weit auf. Um diese Jahreszeit ist so früh noch kein Leben auf dem Hof. Nur der Hahn kräht, und die ersten Taubenschwärme ziehen – noch ungestört – ihre Kreise und lassen sich auf dem Hofpflaster nieder. Die Zeit des Vogelgezwitschers ist vorbei.

Gerd schläft dann wahrscheinlich noch tief und fest. Ich aber schnappe nach Luft wie ein Karpfen, den man gefischt und auf die trockene Teichwiese geworfen hat. Todesangst überfällt mich, und ich kann sie nur einigermaßen überwinden, indem ich mir sage: Du gehst hier weg. Du verläßt dieses Haus.

Leise, auf Zehenspitzen schleiche ich mich dann ins Bett zurück. Und dann wirbeln meine Gedanken im Kreise; ich spiele alle Möglichkeiten meines Vorhabens durch.

Zurück zu Tante Els? – Nein, niemals! Ihre Worte „Ich habe dich gewarnt!" würden mich noch tiefer in die Verzweiflung stoßen.

Zu Tante Gertrud nach Hersfeld? – Mein Himmel! Was sollte ich ihr sagen, womit mich rechtfertigen? Sie ist unverheiratet geblieben, geht ganz in ihrem Beruf auf. Außerdem schwärmt sie wie ein Teenager für Gerd. Was ihre Ansicht über die Liebe betrifft, so ist sie in ihren Mädchenträumen hängengeblieben.

Tante Els sagt oft: „Irgend etwas bei ihr ist nicht zum Reifen gekommen."

Nun, Tante Gertrud würde mich absolut nicht verstehen. In Gedanken höre ich sie sagen: „Es muß an dir liegen, Barbara, wenn du mit so einem netten, höflichen Mann nicht auskommst."

Über meine Probleme kann ich sowieso mit niemandem sprechen. Nur im Gebet kann ich mich artikulieren. Und hier liegt der wunde Punkt. Ich frage mich dann: Warum erhört mich der Herrgott nicht? Warum straft er mich? Ich beginne zu grübeln, und dieses Grübeln ist inzwischen zu einem Zwang ausgeartet, von dem ich mich nicht befreien kann.

Das erzeugt eine neue Furcht. Werde ich verrückt? frage ich mich oft. Auch Schuldgefühle quälen mich. Ich bereue, daß ich aus verletztem Stolz gleich nach der Heimkehr von unserer Hochzeitsreise aus dem gemeinsamen Schlafzimmer ausgezogen bin und mein Bett im Wohnzimmer auf der Couch aufgeschlagen habe.

Gerd hat dies kommentarlos zur Kenntnis genommen, und das kränkte mich besonders. Als ich aber dann bei einem mißlungenen Ausspracheversuch droh-

te, mich von ihm zu trennen – ernst gemeint war das nicht! – da rastete er aus und rief: „Dann bringe ich mich um!" Das hat mich so erschreckt, daß ich nie mehr wagte, darauf zu sprechen zu kommen. Dennoch frage ich mich oft: Warum führen wir keine normale Ehe? Hat mein Anblick in unserer Hochzeitsnacht ihn so erschreckt?

Ach, unsere Hochzeit! Wieso überfiel mich, als uns vor dem Standesbeamten und später vor dem Altar das Jawort abverlangt wurde, eine solche Furcht? Wieso flüsterte mein tiefstes Inneres: Lauf davon, Barbara!

Und diese Warnung war nicht erst vor dem Altar spürbar. Schon vor unserer Hochzeit lag ich nachts wach und war von Furcht gepackt. Die Furcht, so meinte ich, hing wohl mit meinem zukünftigen Schwiegervater zusammen, der mich offensichtlich ablehnte und mit dem ich unter einem Dach hausen sollte. Ich versuchte, mir Mut zuzusprechen. Laß man, Barbara, sagte ich zu mir, wenn erst Kinder da sind, werde ich sein Herz erobern.

Aber das war nicht das einzige, was mir Furcht einjagte. Seit München hat sich Gerds Verhalten mir gegenüber geändert. Ich hatte es bloß nicht wahrnehmen wollen. O ja, ich habe schon gespürt: Du warst nicht mehr der, den ich in dir gesehen hatte, nicht mehr der Gerd, der zu mir gesagt hatte, daß ich einmal der Mensch sein könnte, der bis zu den Tiefen seines Herzens dringen würde. „Weil du", so hatte er gesagt, „den geheimnisvollen Schlüssel, nämlich die Liebe, so wunderbar zu handhaben weißt."

Ich fand diesen Schlüssel nicht. Ich weiß gar nichts von dir. Wenn du von deinem Freund Robert sprichst, bekommst du glänzende Augen. Oh, wie du ihn bewunderst, vielleicht beneidest.

Natürlich bist du nett und lieb. Und das wiederum

ließ mich wankelmütig werden, ließ mich mir sagen, daß alles nur Einbildung ist. Und doch war es nicht mehr so wie früher.

Das alles jagte mir durch den Kopf, als wir vor dem Altar standen und ich die warnende Stimme in mir hörte, die mir sagte: Barbara, lauf davon!

Aber hätte ich denn der warnenden Stimme folgen können? Hätte ich in der vollbesetzten Kirche vor den Schaulustigen und vor allem vor Gerd, Tante Gertrud und den geladenen Gästen davonlaufen können? Nein, dazu war es zu spät. Ich hauchte mein Ja wie ein Opferlamm; so drückte sich jedenfalls Frau Hardt später aus.

„Hast du denn Gerd nicht lieb, daß du dein Ja kaum herausbrachtest?" fragte sie. Sie hatte meine Unsicherheit gespürt.

Nein, es war keineswegs das Hochzeitsfest, wie ich es mir so oft in meinen Mädchenträumen ausgemalt hatte: in Kranz und Schleier, fröhlich und glücklich!

Glücklich war ich, als ich das für mich bedrückende Fest hinter mir lassen konnte und neben Gerd im Wagen durch die schöne Herbstlandschaft in die Berge fuhr.

Gerd spielte den Vergnügten, aber ich glaube, er war es nicht. Er ärgert sich offenbar noch über das Verhalten seines Vaters, dachte ich bei mir. Der hatte ihn in Verlegenheit gebracht. Zwar versuchte er dies offenbar meisterhaft zu überspielen, was ihm auch teilweise gelungen zu sein schien. Doch jetzt auf unserer Fahrt machte es ihm anscheinend zu schaffen. Ich versuchte mein Bestes, um ihn abzulenken, indem ich ihn immer wieder auf die Landschaft aufmerksam machte.

„Sieh, Gerd, vor uns die Berge in allen Schattierungen! Dieses Blau!" rief ich aus. „Schau die Höfe, die

Dörfer, sie wirken so sonntäglich schmuck! Ist das nicht wunderbar?“

Er nahm kurz die Hand vom Steuer und legte sie auf meine und sagte geistesabwesend: „Ja, ja, schön.“

Als wir uns unserem Ziel näherten, zog plötzlich eine Nebelwand auf. Gerd mußte sich konzentrieren.

Und schließlich war ich froh, am Ziel angekommen zu sein.

„Welch ein hübsches Hotelzimmer!“ sagte ich und schlang die Arme um seinen Hals. Und diesmal tat ich es wirklich, ich löste meine Hände, nahm seinen Kopf und küßte ihn auf die Augen; er schaute mich irgendwie verunsichert an, so als wenn ihm mein Verhalten peinlich wäre.

Dann ging er ans Werk, packte die Koffer aus, bestellte beim Kellner das Abendessen auf unser Zimmer und ließ Sekt kommen. Das tat er so weltgewandt, daß ich ihn bewunderte. Dennoch hatte ich das Gefühl, als wenn er mit seinen Gedanken weit weg wäre.

Noch ahnte ich nichts von dem, was mir bevorstand, nichts von unserer Hochzeitsnacht, die so jammervoll enden sollte, und dies vielleicht durch meine Schuld. Ich glaube, es gibt im Leben nichts Schlimmeres als das, was man sich selbst nicht verzeihen kann.

Schluß jetzt! Ich kann nicht darüber schreiben; es wühlt alles wieder in mir auf. Ich schaue in den Spiegel: Schrecklich, wie ich aussehe; ich kann verstehen, wenn Gerd mich nicht mag. Deshalb muß ich mit ihm reden! Denn ich will fort, fort, fort!

* * *

28. Oktober

Seit einigen Wochen liege ich im Krankenhaus, und da ich nicht krankenversichert bin, schimpft mein Schwiegervater – wie ich gehört habe – heimlich über die Kosten. Dennoch liege ich in einem Einzelzimmer zweiter Klasse.

Gerd hat darauf bestanden, und das ist gut so. Denn ich weine ständig, und ich weiß nicht, warum. Leider kann ich die Tränen nicht zurückhalten.

Ich glaube, ich schäme mich. Weil ich so ungeschickt war und mir an jenem Morgen, als ich mit Gerd sprechen wollte, vor lauter Nervosität einen Topf kochendes Wasser über die Beine gegossen habe? Weil mein Schwiegervater recht hatte, als er aus Wut ausrief: „Die ist aber zu gar nichts nütze!"?

Aber auch, daß Frau Hardt über meine Ungeschicklichkeit den Kopf schüttelte, kränkt mich noch immer.

Man ließ den Rettungswagen kommen, und er fuhr mich hierher. Als der Schock vorüber war, hatte ich schreckliche Schmerzen, und dennoch war ich froh, hier liegen zu können, geschützt und geborgen vor den Menschen, die mich verachten. Ich weinte still in meine Kissen. Ach, wie lange ist es her, daß ich geweint habe. Meine Augen schienen mir wie ausgetrocknet zu sein.

Hier ist es still, hell und sauber. Vor meinem Fenster steht eine Eiche im Herbstkleid, und der Himmel bietet mit seinen dahinjagenden Wolken ein immer neues Bild.

Ich gehe nicht zurück, komme, was da wolle!

Gerd besucht mich oft und bringt mir frische Blumen. Er spielt den zärtlichen Ehemann. Aber sobald er zur Tür hereinkommt, rinnen die Tränen. Dann greift er nach meiner Hand und versucht, mich zu trösten. Allerdings tut er das nur in Gegenwart von anderen.

Sind wir allein, wirkt er steif und verschlossen, zugeknöpft, seltsam befangen. Ich habe schon lange das Gefühl, er scheut unsere Zweisamkeit; er kommt meist nur, wenn mich auch andere besuchen.

Ob ich ihn noch liebe? – Ich weiß es nicht.

Tante Els bringt mir frisches Obst und eine Menge Literatur, in die ich hineinschaue, die ich dann aber schnell wieder zur Seite lege.

Und Frau Hardt war schon einige Male hier, und sie versucht lautstark, mich aufzurichten: „Na, das wird mit deinem Zustand zusammenhängen!"

Frau Frey bringt mir das meiste Verständnis entgegen. „Mein Himmel, so etwas kann doch passieren! Die Hauptsache, es kommt wieder in Ordnung", sagt sie und streichelt liebevoll meine Hand.

Ich glaube, sie spürt, daß es nicht die Schmerzen an meinen verbrühten Beinen sind, die mir die Tränen in die Augen schießen lassen.

Mein Schwiegervater schaute auch kurz herein. Er tat es wohl, um ein Gerede zu vermeiden. Ich drehte mein Gesicht weg, und er ging bald wieder. Ich frage mich: Warum nur ist mir mein Schwiegervater so wichtig? Sollte ich ihn hassen?

Lange genug habe ich mich um sein Wohlwollen, um seine Anerkennung bemüht.

Ich stellte ihm frische Blumen auf seinen Schreibtisch, um dann zu hören: „Was sind das für neue Moden? Ich brauche Platz. Weg mit dem Zeug!"

Ich stand morgens als erste auf und sorgte dafür, daß die Tische gedeckt waren, der Kaffee frisch gebrüht und das Brot weder zu dick noch zu dünn geschnitten war.

Und ich tat sogar Dinge, die überhaupt nicht zu meinen Aufgaben gehörten. Und ich spürte bald, jeder wird so behandelt, wie man ihn einschätzt.

Ich machte mich auch vor Frau Hardt klein, indem ich sie bewunderte und mich beraten ließ. Sie war nett zu mir, solange wir allein waren, doch ihr Ton änderte sich, sobald uns mein Schwiegervater hören konnte. Irgendwie klang er dann abwertend, so, als wollte sie sagen: „Du hast recht, Karl, mit der ist nicht viel los. Wenn ich nicht wäre, ginge hier alles drunter und drüber. Die schafft das nie, einen solchen Haushalt zu leiten."

Was mag Frau Hardt wirklich über mich denken?

* * *

Ich ließ das Buch sinken.

Ach, du arme Barbara, dachte ich und schaute nachdenklich, ohne etwas wahrzunehmen, aus dem Fenster. O ja, mir ist dein Unfall ganz gegenwärtig. Meine Zugehfrau, Frau Mark, erzählte mir davon. „Denken Sie sich, Frau Frey", sagte sie, „die junge Frau Stein soll sich verbrüht haben, Verbrennungen dritten Grades. Als man ihr im Krankenhaus die Strümpfe ausziehen wollte, hingen die Hautfetzen daran."

„Aber Frau Mark!" rief ich erschrocken. Um es gleich zu sagen, es war dann doch nicht ganz so arg.

Ich schlüpfte sofort in den Mantel, um Els aufzusuchen, und auf dem Wege dorthin fragte ich mich: Wie konnte das passieren?

Natürlich war mir bei meinen Besuchen in dem Steinschen Haus aufgefallen, wie nervös Barbara geworden war, ganz abgesehen davon, daß die einst so hübsche junge Frau immer schmächtiger wurde. Ich bemerkte, daß sie ihre Hände nie stillhalten konnte. In den Momenten, in denen sie sich unbeobachtet fühlte, trübte sich ihr Gesichtsausdruck.

Übrigens war ich mit Barbara selten allein. Kaum hatte ich Platz genommen, erschien auch schon Frau Hardt und tischte Kaffee und Kuchen auf. Sie ist ja eine vorzügliche Köchin, die die junge Frau in den Schatten stellt.

Nein, sie ist nicht glücklich, dachte ich damals. Kein Wunder, hier in diesem Haus, in dieser Umgebung würde ich mich auch nicht heimisch fühlen können.

Aber daß ihr Unglücklichsein auf ihre Ehe zurückzuführen war, darauf kam ich nicht. Wie sollte ich auch? Gerd umturtelte seine junge Frau, wenn er, vom Hof kommend, mich begrüßte, wie ein Jungverliebter.

Els war nur selten zu bewegen, das junge Paar zu besuchen. In ihr rumorte noch immer der Ärger, daß Barbara sich nicht ihren Vorstellungen gefügt hatte. Ich hütete mich, das Thema anzuschneiden.

Und ich hütete mich auch davor, Barbara selbst zu fragen oder ihr Ratschläge zu erteilen. Wie käme ich auch dazu? sagte ich mir.

Jetzt allerdings, wo sie mich gebeten hatte, ihr Tagebuch zu lesen, war das etwas anderes. Jetzt kam ich nicht mehr drum herum, mich mit ihren Problemen zu befassen. Deshalb las ich weiter.

* * *

Soeben kam Schwester Jutta herein.

„Ich bringe Ihnen eine Suppe", sagte sie sanft, „Sie müssen endlich etwas essen."

„Ich kann nicht, Schwester", sagte ich.

Sie schaute mich besorgt an. „Mir zuliebe, bitte!"

Ich schüttelte den Kopf. „Ich kann nicht!"

„Was ist mit Ihnen?"

Tränen kamen hoch.

„Weinen Sie um Ihre verletzten Beine? Da wird nichts zurückbleiben", tröstete sie mich. „Außerdem gibt es ja hübsche Strümpfe."

Ich betrachtete sie. Was weiß diese junge Diakonissin von hübschen Strümpfen? Überhaupt frage ich mich oft, wieso ein so junges, wirklich hübsches Mädchen mit einem Madonnengesicht ihr ganzes Leben dem Dienen widmen will. Und sie ist hier nicht die einzige Schönheit unter den jungen Schwestern.

Sie stellte die Tasse wieder auf den Nachttisch, griff nach meiner Hand und schaute mich mitfühlend an.

„Warum sind Sie so unglücklich?"

Und wieder kamen die Tränen.

„Weinen Sie", sagte sie, „weinen Sie nur. Mit dem Weinen schwemmen Sie all das, was Sie bedrückt, hinaus."

Dann ging sie leichtfüßig aus dem Zimmer.

Nein, ich kann nicht essen und magere ab. Das weiß ich schon. Und der nette Arzt, dick und geduldig, drohte während der Visite: „Wenn Sie nichts zu sich nehmen, Frau Stein, müssen wir Sie künstlich ernähren. Sie kommen dann an einen Tropf."

Nach dieser Drohung versuchte ich gewaltsam, ein paar Bissen hinunterzuschlucken.

Wie gesagt, ich schäme mich meiner Ungeschicklichkeit. Ich schäme mich, in der Hochzeitsnacht Gerd einen solchen Anblick geboten zu haben, daß er mich nicht mehr mag.

Ach, unsere Hochzeitsnacht! Ich liege hier allein und grüble. Es muß entsetzlich sein, wenn ein frischgebackener Ehemann seiner Braut eine Nacht lang den Kopf halten muß, weil sie sich erbricht. Es muß ein furchtbarer Anblick für Gerd gewesen sein, mich so im verschmutzten Bett zu erleben. Ich hätte wissen müssen, daß ich Sekt in diesen Mengen nicht vertrage. Ich hätte nicht noch nach der angebotenen Zigarette greifen sollen. Es war übrigens die erste meines Lebens.

Ach, das entschuldigt mich nicht.

Jedenfalls war es peinlich für uns beide, und ich schämte mich am nächsten Morgen fürchterlich vor dem Zimmermädchen, einer Italienerin, die sich das ganze Malheur, das Gerd soweit wie möglich zu beseitigen versucht hatte, mit aufgerissenen Augen betrachtete.

Gerd gab ihr ein hohes Trinkgeld und ging anschließend allein zum Frühstück.

Während ich dann zwar sauber, aber zusammengekrümmt daniederlag, wünschte ich mir so sehr, daß er käme und sich auf meinen Bettrand setzte, um vielleicht zu sagen: „Ach, Barbara, es ist nicht so schlimm! Das kann passieren. Ich hätte dich nicht immer wieder zum Anstoßen animieren dürfen. Laß es uns vergessen!" Doch nichts von alledem.

„Bleib liegen, ruh dich aus! Ich schließe mich einer Wandergruppe an", sagte er.

Und dann am Abend, als er zurückkam, erzählte er,

wie herrlich dieser Ausflug gewesen sei: die Berge, die Aussicht.

„Ich bin zum Umfallen müde", so sagte er. „Für morgen habe ich mich mit einem Gast verabredet, willst du mitkommen?"

Ich schüttelte den Kopf.

„Bleib liegen, Kleines, du mußt dich ausruhen", sagte er, schlüpfte ins Bett, gab mir einen Kuß auf die Wange, drehte mir den Rücken zu und schlief ein.

So ging es die ganzen übrigen Tage.

Wie peinlich war mir alles! Wie verletzt fühlte ich mich!

Aber ich war zu stolz, um eine Aussprache herbeizuführen. Und er wünschte sie wohl auch nicht.

Einen Versuch startete ich noch. Während er unterwegs war, zog ich mein hübsches ziegelrotes Kleid an, ging zum Friseur, schminkte mich und erwartete ihn am Abend im Foyer des Hotels.

„Hübsch siehst du aus, Barbara!" stellte er gleich fest und machte mich mit seinem Wanderkameraden bekannt. Den Abend verbrachten wir zu dritt, und vor dem fremden jungen Mann spielte er den vollendeten Kavalier.

So vergingen die Tage, ohne daß wir uns näherkamen.

Auf der Heimfahrt von dieser schrecklichen Reise, die eine Hochzeitsreise sein sollte, sprachen wir kein Wort miteinander. Er versuchte es, ich wollte nicht.

Und auf dem Hof angekommen, beging ich wahrscheinlich den größten Fehler meines Lebens: ich räumte mein Bettzeug vom Schlafzimmer ins Wohnzimmer.

Nur vor den Leuten gaben wir uns Mühe, es niemanden spüren zu lassen, was zwischen uns lief, nämlich nichts!

Und das alles geht mir hier im Krankenhaus, wo ich still vor mich hin weine, durch den Kopf.

In der vergangenen Nacht träumte ich Schreckliches.

Ich klammerte mich an einen dünnen Ast eines Baumes, der wohl dicht am Abhang stand, unter mir eine tiefe Schlucht. Die Kraft verließ mich, und ich stürzte ab.

Schweißgebadet erwachte ich. Ich muß laut geschrien haben; denn die Nachtschwester kam, leuchtete mir mit ihrer Taschenlampe ins Gesicht. „Haben Sie Schmerzen?" fragte sie.

„Nein", sagte ich.

Nach diesem Traum konnte ich kein Auge mehr zutun.

* * *

Zwei Tage später

Nun weiß ich, wieso eine so hübsche junge Frau wie Schwester Jutta Diakonissin wurde. Heute beim Verbinden erzählte sie es mir.

„Ach, Frau Stein, wenn Sie wüßten, welche Träume ich mal hatte! Was heißt Träume, ich wollte alles, und zwar sofort. Und ich bekam es auch. Mein Vater stieg gleich nach der Währungsreform in ein tolles Geschäft ein, und da ich sein Liebling war, brauchte ich ihn nur zu umschmusen, dann wurden mir meine Wünsche erfüllt."

Sie hatte den Verband entfernt und nahm mit einer Pinzette die Gaze ab und betrachtetete die Wunden genau.

„Na, ich glaube, das sieht ganz gut aus", sagte sie, „aber der Doktor sollte es sich einmal ansehen." Dann trug sie Salbe auf.

Nun fuhr sie fort, aus ihrem Leben zu erzählen. Ich hatte den Eindruck, sie tat es, um mich zu trösten.

Sie sagte: „Ich bekam die Kleider, die ich mir wünschte. Ich führte meinen Vater in die teuersten Schuhgeschäfte. Mein Vater kaufte mir den Schmuck, der mir gefiel. Und ich spürte eine Art Genugtuung, wenn man mich auf Partys beneidete. Aber so richtig zufrieden, nein", sagte sie nachdenklich und schüttelte den Kopf, „so richtig zufrieden war ich nie. Ich wollte mehr, mehr, mehr."

„So", sagte sie und strahlte mich an. Sie nahm das Verbandszeug vom Wagen, um mich neu zu verbinden.

Ich bewundere ihre schönen Hände. Ja, ich kann mir an diesen Fingern gut einen Brillantring vorstellen.

„Im Gegenteil", sagte sie, „ich stellte fest, daß die Erfüllung dieser Wünsche nur neue hervorrief. Und meine Verehrer – ich war in keinen von ihnen wirklich verliebt – und ich schäme mich nicht, das zu sagen, daß es mir Spaß machte, in ihnen Hoffnungen zu wecken. Und einer . . . – er hieß Charlie –, ihm tat ich wohl am meisten weh. Ich will es nicht weiter ausmalen."

Und dann sagte sie das, was ich schon vermutet hatte: „Ich erzähle Ihnen das nur, weil ich fühle, daß Sie unglücklich sind.

Kurz und gut, es passierte etwas, das mein ganzes Leben veränderte. Ich verursachte einen Unfall, bei dem ein Mensch zu Schaden kam, und dieser Leichtsinn stürzte mich in eine tiefe Verzweiflung. Plötzlich konnte ich all meine Kleider, den Schmuck und all das, was mir wichtig gewesen war, nicht mehr sehen. Meine Angehörigen waren ratlos und brachten mich schließlich in ein Sanatorium.

Und dort hörte ich zum ersten Mal bewußt, was

Jesus für uns alle, also auch für mich getan hat. Von der Schuld, die er für mich, für uns gesühnt hat, damit wir Vergebung erlangen können. Das machte mich frei und froh, diese Erkenntnis, diese neue Gewißheit holte mich aus meinem Tief heraus. Und ich sagte mir: ‚Wenn Jesus das für mich getan hat, wieso soll ich nicht auch etwas für ihn tun, indem ich in seinen Dienst trete?' Es war mir ein ganz tiefes, echtes Bedürfnis, ihm zu dienen und vor allem auch seine Botschaft weiterzugeben. Und so empfinde ich es auch heute noch."

„So", sagte sie und befestigte den Verband.

„Und Ihr Vater?" fragte ich.

„Ach, mein Vater, meine Familie – sie tat alles, um mich von meinem Entschluß abzubringen. Mein Vater hatte ja ganz andere Pläne mit mir. Doch ich wollte nur noch eins, Diakonissin werden und dienen."

„Und wie denkt Ihr Vater heute darüber?" fragte ich weiter.

„Er zürnt mir noch immer. Doch eines Tages" – ein zärtliches Lächeln flog über ihr Gesicht – „da bin ich gewiß, eines Tages wird er mich verstehen. Dafür bete ich."

Ach, Gebete, dachte ich und wandte mein Gesicht zum Fenster. Wenn Gebete erhört würden, säße ich nicht hier. Dann wäre ich nicht so nervös gewesen und hätte mir nicht diesen Topf kochendes Wasser über die Beine gegossen.

Sie befestigte den Verband und legte vorsichtig die Bettdecke darüber. „Und jetzt schlafen Sie ein bißchen. Sie müssen viel essen und viel schlafen."

Ja, schlafen, schlafen, möglichst für immer, dachte ich.

„Die Wunden an Ihren Beinen sind nicht das Schlimmste. Sie müssen mit Gott ins reine kommen."

Mit Gott ins reine kommen?, dachte ich. Was habe ich denn Schlimmes getan?

Ich sah Schwester Jutta nach, wie sie sehr aufrecht und auf leisen Sohlen aus dem Zimmer ging.

Dann blickte ich aus dem Fenster. Der Wind schüttelte die Baumwipfel und ließ die vergilbten Blätter zur Erde schweben. Hatte ich in der letzten Zeit nicht auch oft das Gefühl gehabt, hilflos wie eine Feder oder solch ein Blatt durch die Lüfte zu schweben, den Boden unter den Füßen verloren zu haben?

Ist Schwester Juttas Entscheidung wirklich der Weg zum Frieden?

Ich kann mir das nicht vorstellen. Ich muß an die Widersprüchlichkeit in der Bibel denken, von der Gerd einmal gesprochen hatte, als wir noch frisch verliebt gewesen waren. Und war da nicht auch ein Widerspruch in dem, was mir Schwester Jutta sagte? Hieß es im vierten Gebot nicht: „Du sollst Vater und Mutter ehren?" Und was nützt alles Ehren, wenn man seinen Eltern Kummer bereitet?

Ich bereue oft, daß ich nicht auf Tante Els gehört habe. Obwohl ich das ihr gegenüber nie zugeben würde.

Dennoch, es wäre schön, könnte ich wie diese Diakonissin einen so sinnvollen Dienst tun.

Aber ist das für eine verheiratete oder geschiedene Frau überhaupt möglich? Und bedeutet das nicht einen Verzicht bis zum Lebensende, einen Verzicht auf Liebe, auf Kinder? Mein Traum war eine Familie, einen Mann, Kinder zu haben, Häuslichkeit, einen schön gedeckten Tisch, meinetwegen auch Pantoffeln – und vor allem Liebe!

* * *

Seit Tagen beobachte ich die Schwestern, beobachte ihre jungen, strahlenden Gesichter. Natürlich bleiben sie mir gegenüber auf Distanz. Nur Schwester Jutta macht eine Ausnahme. Und ich freue mich, wenn sie ins Zimmer kommt und an mein Bett tritt. Ihr zuliebe esse ich bereits wieder etwas.

„Schwester Jutta", sagte ich heute, „wäre Ihr Weg auch ein Weg für mich?"

„Nein", sagte sie, „Sie sind verheiratet, und somit hat Gott Sie an einen anderen Platz gestellt. Sind Sie denn so unglücklich?" fragte sie besorgt. „Sie haben doch einen so aufmerksamen Ehemann." Sie wies auf die Blumen.

Mir kamen sofort die Tränen.

„Was es auch sei", sagte sie und streichelte meine Hand, „überlassen Sie Ihr Leben Jesus."

Sie verließ das Zimmer und kam wenig später mit der Bibel zurück. Es war ihre eigene Bibel, wie ich sehen konnte; denn in einer sehr deutlichen Handschrift stand auf dem ersten Blatt: „Über deine Vorschriften will ich sinnen und acht haben auf deine Pfade. Psalm 119" und darunter die Worte: „Zum gesegneten Gebrauch auf Ihrem Lebensweg von Ihrer Schwester Jutta."

Ich nahm das Buch und las nicht nur den angegeben Psalm, sondern auch Johannes 3, und besonders diese Worte gingen mir nach: „Also hat Gott die Welt geliebt, daß er seinen eingeborenen Sohn gab, auf daß alle, die an ihn glauben, nicht verloren werden, sondern das ewige Leben haben."

Das ewige Leben, dachte ich und legte die Bibel auf den Nachttisch zurück. Was soll ich mir darunter vorstellen? Eigentlich will ich nicht ewig leben. Eigent-

lich sehne ich mich eher nach ewiger Ruhe, fort von allen Problemen, schlafen dürfen, das ist mein Wunsch.

Und wieder dachte ich: Ja, wenn ich frei wäre und nochmals neu beginnen könnte, vielleicht so freudig den Dienst tun könnte wie diese Schwestern! Vielleicht ist es befriedigend, wenn man abends in sein Zimmer kommt und sagen kann: Du hast etwas Gutes getan, hast Patienten geholfen, ihnen beigestanden, ihnen Mut gemacht. Dann hätte wahrscheinlich auch mein Leben einen Sinn.

Für mich ist jedenfalls dieser Weg verbaut.

Wie hatte sie gesagt? Gott habe mich auf einen anderen Platz gestellt. Wenn du wüßtest, Schwester Jutta, was das für ein Platz ist! Wenn du wüßtest, wie weh es tut, verschmäht und für etwas verantwortlich gemacht zu werden, für das du keine Schuld trägst! Oder vielleicht doch?

Ach, mir wäre alles recht, was mich aus meiner Traurigkeit herausführen könnte. Wenn ich nur ein Ziel hätte, für das zu leben sich lohnte!

Oft frage ich mich: Warum weicht Gerd mir aus? Wenn ich das Gespräch doch mal auf unsere Situation bringen will, warum erstarrt dann sein Gesicht zu Eis?

Wie oft schon wollte ich ihn fragen: Liebst du mich überhaupt noch? Warum bringe ich diese Worte nicht über die Lippen? Habe ich Angst davor, etwas zu hören, was mich verletzt? Besitzen wir beide nicht die Gabe, über unsere Gefühle sprechen zu können? Ich weiß es nicht, ich tappe völlig im Dunkeln.

* * *

Seit ein paar Tagen liege ich nicht mehr allein im Zimmer. Schwester Lucie und Schwester Charlotte schoben ein zweites Bett herein. In ihm liegt Frau Frieder, die Gastwirtin vom „Lamm". Sie soll nach einer schweren Operation, die sie – wie sie sagt – beinahe das Leben gekostet hat, im Krankenhaus genesen. Sie ist aber schon ganz munter und erzählt fast pausenlos von allem möglichen, machte aber heute Bemerkungen, die mich aufhorchen ließen.

„Na, Ihr Schwiegervater ist ja auch nicht gerade der Frömmste, der hat's faustdick hinter den Ohren", sagte sie. „Ich könnte Ihnen da Sachen erzählen, Sachen, da würden Sie mit den Ohren schlackern." Sie machte eine wegwerfende Handbewegung.

Es scheint sich längst herumgesprochen zu haben, daß er mich als Eindringling betrachtet, und ich vermute, in der Gerüchteküche wird tüchtig gekocht.

„Die Hauptsache ist", fuhr sie fort, „Ihr Mann hält zu Ihnen, dann kann Ihnen ja nichts passieren. Auch wenn ich – das will ich offen sagen – mit dem nicht unter einem Dach wohnen möchte.

Na, bei uns haben ja die Herren keinen Stammtisch, die treiben ihre Witze im ‚Wilden Kaiser', da gehören sie ja auch hin, mit ihrem ordinären Gelächter. Wenn die nämlich unter sich sind, da fallen ihre feinen Schalen ab, mit denen sie sich vor den Leuten brüsten.

Es spricht sich ja dann doch herum. Die Serviererin hält auch nicht dicht. Das tut keine, da kenne ich mich aus.

Gehört sich denn das, wie er über Sie spricht, junge Frau, wenn die anderen ihn foppen, daß bei Ihnen noch nichts in der Wiege liegt? ‚Was erwartet ihr von so einem spirligen Ding', soll er gesagt haben, ‚die ist doch gar nicht fähig, ein Kind zur Welt zu bringen. Ich habe meinen Kerle gewarnt, der wollte ja nicht hören. Und der denkt, ich merke es nicht, daß er es bereut, nicht auf mich gehört zu haben, der Dummkopf.'"

Frau Frieder drehte mir ihr schlaffes Gesicht zu. „Nu weinen Sie mal nicht, junge Frau, weinen nützt nichts. Dem würde ich's zeigen. Oder wollen Sie keine Kinder?"

„Ja, schon", sagte ich.

„Na, also! Oder klappt es nicht?"

Wieder kamen mir die Tränen.

„Na, nehmen Sie das nicht so tragisch! Bei manchen dauert es länger. Der elfte Tag nach der Regel soll der günstigste sein. Achten Sie mal darauf. Ich hatte ja keine Probleme damit. Im Gegenteil, mein Otto brauchte nur seine Hose über den Bettgiebel zu hängen, da war es schon passiert."

Ich spürte, wie ich rot wurde.

Sie fuhr fort: „Ich mußte gewaltig auf der Hut sein, sonst hätte ich eine ganze Stube voller Kinder gehabt. Ich habe mir seinerzeit heimlich eine Spirale einsetzen lassen. Unser Doktor riet mir dazu. Aber einem Mann darf man so etwas nicht sagen. Männer sind mitunter komisch.

Merken Sie es sich, junge Frau: Männer dürfen zwar alles essen, aber nicht alles wissen. Nur dumme Frauen haben keine Geheimnisse. Und dann wundern sie sich, wenn ihre Männer zu einer anderen Frau laufen. Da muß man gehörig aufpassen.

Aber wenn's bei Ihnen nicht klappt, da würd' ich doch mal zum Doktor gehen.

Wie gesagt, Männer laufen schnell zu einer anderen. Ihrem traue ich das ja nicht zu, daß er fremdgeht. Aber dennoch, trau, schau wem! Und stille Wasser sind mitunter tief.

Ach, wo ist denn wieder mein Taschentuch?" sagte sie und suchte.

„Warten Sie, Frau Frieder, ich gebe Ihnen ein fri-

sches", erwiderte ich, denn ich kann jetzt aufstehen und ihr behilflich sein.

„Lassen Sie man, bleiben Sie liegen. Ich hab's ja schon, und mit der Wäsche soll man sparsam sein.

Ich will Ihnen ja keine Angst machen", fuhr sie fort, „sein Vater allerdings", sie leckte sich die Lippen, „der ist kein Heiliger. Der könnte schon noch. Die Hardt ist allerdings inzwischen zu alt. Es ist ja kein Geheimnis, daß er mit ihr herumbuhlte, als seine Frau noch lebte. Die hat mir oft in der Seele leid getan.

Andererseits, sie war krank, und so ein Mann kann es sich ja schließlich nicht durch die Rippen schwitzen. Werden Sie nicht rot, junge Frau, so ist das Leben nun mal. Und in einem Gasthaus bekommen Sie vieles mit, wovon die feinen Leute – solche wie Ihre Tante – keine Ahnung haben. Man bekommt Menschenkenntnisse.

Wütend machen mich bloß die Scheinheiligen, und dazu gehört auch Ihr Schwiegervater. Der hat doch den Paule, den Traktorführer, und die Maria, als er sie mal in der Scheune erwischte, glatt vom Hof gejagt. Na, die messen alle mit zweierlei Maß.

Dennoch, Stimmen scheint ihn diese Scheinheiligkeit nicht gekostet zu haben."

Schwester Lucie kam herein und unterbrach ihren Redefluß. Sie hatte vieles gesagt, das mir doch nicht helfen konnte. Für mich war der elfte Tag des Monatszyklus bedeutungslos.

Diese Frau Frieder schien vieles zu wissen, von dem ich keine Ahnung hatte. Zwar war ich nicht ganz unerfahren. Auf der Flucht hatte ich vieles gehört und manches mitangesehen. Aber im Grunde weiß ich wenig. Und ich war nahe daran, mich Frau Frieder anzuvertrauen. Doch eine tiefe Scham hielt mich davor zurück. Was dann, wenn sie so zu anderen über mich reden würde – wie über meinen Schwiegervater, der –

wie sie behauptet hat – mit Frau Hardt ein Verhältnis haben sollte? Vielleicht war das eine Verleumdung!

Nein, Frau Frieder ist wohl nicht der Mensch, dem ich mich öffnen sollte.

Sie erzählte mir auch noch andere Sachen aus ihrem Leben, die mich in Erstaunen versetzt haben.

Oder sie schimpfte schrecklich über die heutige Jugend, die keinen Zack mehr habe und sich herumlümmele, die alles gut finde, was aus Amerika kommt, zum Beispiel das Kauen von Kaugummis, die sie dann ausgekaut ungeniert ausspuckten, so daß sie einem an den Schuhsohlen kleben blieben.

„Was meinen Sie, wie die mir meine Tische verdrecken! Überall klebt das Zeug unter den Tischplatten. So etwas hätte es früher nicht gegeben. Man kann über Hitler sagen, was man will, aber der Jugend hat er Ordnung beigebracht", sagte sie.

„Und er hat sie in den Tod geschickt", hätte ich gern gesagt, aber ich war nicht in der Laune, ihr zu widersprechen. Mich beschäftigten andere Fragen.

Sie sprach überhaupt gern über Politik, über „das Flüchtlingspack", das in das Land strömte.

„Die behaupten alle, sie hätten wunder was besessen. Das kann ja jeder erzählen!"

Auch hier hätte ich gern etwas eingewendet, nämlich: „Zu denen gehöre ich auch, Frau Frieder, mehr oder weniger. Mir blieb das Lagerleben nur deshalb erspart, weil meine Tante hier ansässig ist. Aber daß ich hier nicht dazugehöre, das läßt mich mein Schwiegervater schon spüren. Und wenn er es mir auch nicht direkt sagt, weil er vermeidet, mit mir zu reden, so höre ich es doch aus seinen Gesprächen mit anderen heraus."

Doch ich ließ Frau Frieder schimpfen.

Aber wenn sie dann schläft und dabei fürchterlich schnarcht, greife ich nach der Bibel und lese vor allem die Seligpreisungen. Und dann denke ich: Wie schön, wenn wir Menschen so wären, wie es dort zu lesen steht!

Immer wieder beobachte ich die Schwestern, wie sie in ihren fleckenlos weißen, gestärkten Trachten umhergehen, wie sie Sanftmut üben, und dann überfällt mich der Wunsch, in ihre Fußstapfen zu treten.

Einmal fragte ich Schwester Ursel, warum sie Diakonissin geworden sei. Sie überlegte nur kurz und sagte: „Weil ich glaube, daß es Gott so wollte."

Ach, könnte ich das doch auch sagen! Aber wie sagte Schwester Jutta? Gott habe mich auf einen anderen Platz gestellt.

Ob das Gottes Wille ist, daß Gerd und ich nicht richtig wie Eheleute miteinander leben? Vielleicht liegt es wirklich an mir? Vielleicht bin ich zu dumm und ungeschickt, um einen Mann zu fesseln!

* * *

Freitag abend

Ich hatte gestern abend ein sehr intensives Gespräch mit Schwester Jutta. Sie spürte ja die ganze Zeit, daß mich etwas bedrückt. Nun, da ich bald entlassen werde, wollte sie mir helfen. Und ich glaube, sie hat mir geholfen. Jedenfalls fühle ich mich erleichtert und froh. Ich weiß nun besser, was ich tun will. Und im Glauben werde ich die Kraft finden.

Natürlich habe ich ihr nicht alles anvertraut, was mich bedrückt. Daß wir uns noch nie als Eheleute nahegekommen sind und was damit alles zusammenhängt, das braucht sie nicht zu wissen, und ich bekomme es auch nicht über die Lippen. Aber ich erzählte ihr von der Mißachtung meines Schwiegervaters mir gegen-

über, und sie meinte, der Glaube würde mir helfen, das alles zu ertragen.

Ich bin frohen Mutes, und ich habe ein Gelübde abgelegt und dabei ein unbeschreibliches Glücksgefühl empfunden: Ich will mein Eheversprechen, das ich vor dem Altar gegeben habe, auch halten, komme es, wie es wolle. Vielleicht kann ich ihm näherkommen, wenn ich mich wieder aufgeschlossener verhalte. Und wenn nicht: wir können einander doch auch wie Geschwister lieben.

* * *

Samstag morgen

Frau Frieder ist zur Bestrahlung.

„Sie müssen wirklich etwas essen", sagte sie gestern abend. „Sie sind zu mager. Meinen Sie, daß so etwas einem Mann gefällt?

Da können alle reden, was sie wollen, die Liebe geht letztendlich nur durch den Magen, und nicht nur beim Mann.

Keine Frau darf sich in dieser Hinsicht gehen lassen. Und Sie tun nichts dafür, daß Sie zunehmen. Jetzt lassen Sie wieder das Nachtessen stehen."

„Bitte, Frau Frieder", sagte ich, und mit diesem „Bitte!" versuchte ich, sie in die Schranken zu weisen. Abrupt holte ich die Bibel aus dem Schubfach.

„Na ja, ich hab's ja nur gut gemeint", sagte sie in beleidigtem Ton und warf sich auf die andere Seite.

Ich aber las noch einmal die Bergpredigt, um mir Kraft zu holen. Es ist wirklich nicht einfach, sanftmütig zu sein.

„Entschuldigen Sie, Frau Frieder, Sie haben ja recht“, sagte ich schließlich. Ich griff nach den Schnitten, die auf meinem Nachttisch standen, und aß sie.

Frau Frieder wandte sich mir wieder zu.

„Gut so“, lobte sie mich, und ihr verknittertes Gesicht leuchtete verschmitzt auf. Und dieses Verschmitzte mag ich an ihr. Ich glaube, jeder Mensch hat etwas Liebenswertes an sich.

Was ist es eigentlich bei meinem Schwiegervater?

Vielleicht, daß er für die Stadt das Beste tut. Wenigstens versucht er es. Er lebt für diese Aufgabe.

Plötzlich habe ich Mitleid mit ihm. Wie enttäuschend muß es für ihn sein, keinen Enkel zu haben. Doch Gerd bloßstellen, das kann ich nicht. Ich kann es niemandem sagen, daß wir nicht wie Eheleute zusammen leben. Mein Schwiegervater würde mir außerdem sowieso die Schuld zuschieben. „Dürr und spirrlich, wie du bist, soll da mein Sohn Gefallen an dir finden?“ höre ich ihn in Gedanken sagen.

Immer wieder einmal denke ich: Vielleicht liegt es wirklich an mir? Auch in geistiger Hinsicht enttäusche ich Gerd. Was weiß ich von den alten Griechen, von Sokrates, von Plato, von Pindar und von den späteren deutschen Philosophen wie Kant, Schopenhauer – und wie sie alle heißen mögen, deren Werke ich beim Abstauben in Gerds Bücherregal und auf seinem Schreibtisch sehe. Ich finde mich ja noch kaum in der Bibel zurecht.

Ob das der Grund ist, daß er seinen Freund Robert besuchen will und ihm so häufig schreibt?

Ich nehme mir fest vor, all das nachzuholen, was ich bisher versäumt habe. Vielleicht kann ich die Volkshochschule besuchen. Vielleicht können wir in dieser Hinsicht etwas gemeinsam unternehmen. Gerd war doch vor unserer Hochzeit gern bereit gewesen, mir alles

Schöne – besonders die Architektur und die Kunst – nahezubringen.

Warum nur haben wir das vernachlässigt? War es, weil ich mich verletzt und beleidigt zurückgezogen habe?

Das soll anders werden!

Übrigens schreibe ich auf Briefpapier, das mir Frau Frey mitgebracht hat. Ich wollte es eigentlich für Briefe nach Hersfeld benutzen.

Frau Frey ist die einzige, bei der ich das Gefühl habe, daß sie mich verstehen könnte.

Frau Frieder kommt zurück. Ich höre lieber auf zu schreiben.

* * *

Montag abend

Morgen werde ich entlassen. Aber ich spüre schon jetzt, daß das Kommende nicht einfach für mich sein wird, nicht einfach trotz meines Glaubens. Während ich Frau Frieder ihre Kommentare zu den Zeitungsnachrichten geben hörte, spürte ich Gefühle, die ich als gläubiger Mensch doch wohl nicht haben dürfte, z. B. Neid.

Frau Frieder liest die Zeitung meist von hinten nach vorn, also zuerst die Familienanzeigen. Heute nachmittag ging das ungefähr so:

„Du lieber Himmel", rief sie aus, „der Braun ist gestorben. Na ja, achtzig ist ja auch ein schönes Alter. Aber die Frau Liebling war eigentlich noch zu jung zum Sterben, erst 48 Jahre . . ."

Und so ging es weiter.

„Ach, hören Sie mal, Frau Stein: Die Ursel Müller hat

einen Buben gekriegt. Jetzt heißt sie ja Himmelreich – was für ein Name, ‚Himmelreich', paßt gar nicht zu ihr. Hören Sie mal: ‚Die Geburt ihres Sohnes geben in dankbarer Freude bekannt: Ursula Himmelreich geb. Müller und Hans Himmelreich.'"

Mein Herz klopfte wie wild.

„Sagen Sie, war die nicht mal hinter Ihrem Mann her?"

„Weiß ich nicht", sagte ich kurz und spürte Neid in mir aufkeimen. Nicht etwa, daß ich der Ursel ihren Sohn nicht gönnte, aber was ist, wenn Gerds Vater diese Anzeige gelesen hat? Sicher hat er Gerd beim Frühstück die Zeitung über den Tisch geschoben und gesagt: „Lies mal, du Dummkopf! Hättest du die Ursel geheiratet, stünde ich nicht ohne Enkel da." Und Gerd? Er wird geschwiegen haben, er schweigt immer, wenn sein Vater ihn anpfeift. Und das ärgert mich immer aufs neue, daß er mich nicht in Schutz nimmt. Doch so darf ich nicht mehr fühlen! Ich versuchte, mich wieder zu beruhigen und konzentrierte mich auf Frau Frieders Kommentare.

Sie war jetzt bei den Unfallmeldungen angelangt. „Auf der neuen Bundesstraße hat's gekracht. Zwei Schwerverletzte. Also deshalb gestern abend das Martinshorn! Na, die rasen ja auch wie die Wilden."

Die Zeitung raschelte.

„Und hier, man soll's nicht glauben, den Meier aus der Grabenstraße – Herrenartikel –, den haben sie grün und blau geschlagen! Na, so steht das nicht gerade hier, aber ich kann's mir denken."

„Haben sie bei ihm eingebrochen?"

„Gestohlen wurde nichts", sagte sie, „nicht mal Geld hat gefehlt, wahrscheinlich war's gar kein Einbruch. Wahrscheinlich Männergeschichten. § 175."

„Was heißt § 175?" fragte ich sie, denn ich erinnerte

mich dunkel, daß ich mal gelesen habe, man diskutiere in Bonn über die Abschaffung der Todesstrafe und eben auch über diesen Paragraphen.

„Das wissen Sie nicht?" fragte Frau Frieder. Ihre Stimme klang überlegen. „Haben Sie nie davon gehört?"

„Ja, schon", log ich, weil ich mich genierte, so unwissend zu sein.

„Früher bei Hitler haben sie mit solchen Menschen kein großes Federlesen gemacht. Sie kamen ins KZ, aber heute – heute lassen sie alles durchgehen, und das nennen sie dann Demokratie."

„Jedenfalls besser als Diktatur. Und was in den KZ passiert ist, finden Sie das etwa gut? Diese furchtbaren Grausamkeiten? Diese Verbrechen?" hätte ich sie gern gefragt. Aber sie war bereits auf der Titelseite angelangt.

„Na, guck doch bloß, da fallen einem ja die Glotzpepele raus! Der Adenauer reist nach Amerika, er will dort einen Freundschaftsvertrag unterzeichnen. Na ja, wenn einem auch einiges an den Amerikanern so ganz und gar nicht gefällt, zugeben muß ich, sie haben uns geholfen. Wo wären wir denn sonst heute? Erhardt hätte ohne den Marshallplan das Wirtschaftswunder nicht in Gang bringen können! Dann ständen wir auch so da wie die in der Zone."

Sie legte die Zeitung weg. „Was schreibt denn Ihre Freundin aus der Zone? Sie haben doch einen Brief von drüben gekriegt, oder? Ich hab's an der Marke gesehen. Hungern die immer noch so?" fragte sie.

„Vom Hungern schreibt meine Bekannte nichts", sagte ich, und ich dachte daran, welche Wünsche Charlotte geäußert hat: Kaffee, Nylonstrümpfe, Wolle. Ich lasse Charlotte in dem Glauben, ich wäre hier nicht nur reich, sondern auch glücklich verheiratet. Und was sie sonst so alles von mir wissen will! Sie bedauert, daß es drüben keine Modezeitschriften gibt. Sie sei dadurch *nicht auf dem laufenden – sie fragte, ob Jäckchenkleider noch modern seien und was für Hutformen man jetzt trägt und welche Farben gerade modern seien.*

Ach, Charlotte, deine Sorgen möchte ich haben! dachte ich – und ließ Frau Frieder weiterschwätzen. Mich interessieren solche Äußerlichkeiten nicht mehr. Ich kämpfte schon wieder mit unerwünschten Neidgefühlen.

Schwester Susanne und Schwester Rose kamen herein und brachten mit schnellen, geschickten Handgriffen unsere Betten in Ordnung.

Meine letzte Nacht hier, denke ich. Morgen holt mich Gerd ab. Wie das klingt: „heim"!

* * *

Mittwoch morgen

Ich bin wieder in den eigenen vier Wänden. Leider ist es zwischen mir und Gerd erneut schiefgelaufen, und die Chance, zueinanderzufinden ist vertan. Die Schuld liegt bei mir; darüber werde ich nie hinwegkommen. Dabei begann es so nett. Gerd holte mich vom Krankenhaus ab. Zwar fühlte ich mich, als ich wieder wie einst so neben ihm im Auto saß, gehemmt, besonders als er mit mir nicht nach Hause fuhr, sondern in Richtung Bundesstraße.

„Wo willst du denn hin, Gerd?" fragte ich.

„Ich denke, wir fahren erst einmal gut essen. Meinst du nicht auch, Barbara, wir sollten den vielleicht letzten schönen Herbsttag ausnutzen? Was hältst du von der ‚Berghöhe'? Da gibt es jetzt Federweißen und Zwiebelkuchen."

„Ich bin nicht hungrig. Außerdem: der Federweiße hat es in sich, und du mußt dann ans Steuer, Gerd."

Er lächelte. Es war genau das Lächeln, das mich einst bezauberte.

Und ich fragte mich plötzlich: Habe ich nicht gerade das Lachen in unserer Ehe sehr schnell verlernt?

„Ich bin ein sicherer Fahrer, das weißt du doch, Barbara", sagte er.

Und ob ich das wußte! Am Steuer lebte Gerd jedesmal auf, da schien er ganz er selbst sein zu können, und mit seiner verrückten Fahrweise versetzte er mich oft in Angst und Schrecken.

Gerd lächelte erneut. „Keine Angst, ich halte mich an den Zwiebelkuchen und Traubensaft. Aber du könntest."

Mir fiel der Sekt in der Hochzeitsnacht ein. „Ich trinke auch nur Traubensaft."

„Gut, wie du willst, Kleines!" Und seine Stimme klang sanft. Eine Hoffnung wollte in mir aufkeimen, aber ich unterdrückte sie. Nein, nicht noch einmal diese Verletzung wie in den ersten Nächten in unserer Ehe. Nicht noch einmal diese Empörung, die mich nachts nicht schlafen ließ. Nicht noch einmal mit Schuldgefühlen kämpfen müssen. Das Doppelzimmer im Hotel stand mir vor Augen, das Alleingelassensein in den Stunden der Scham. Eine mir unerklärliche Angst überfiel mich, als ich spürte, daß der Panzer, der mich seither umgab, aufbrechen wollte, weil ich wieder fühlte, ich liebe diesen meinen Mann noch immer, besonders weil er jetzt, wo wir allein waren, so zart und offen zu mir war. Ich gab mir Mühe, meine Angst fortzuwischen.

In dem Lokal auf der Anhöhe, als ich ihm gegenübersaß, noch immer befangen, mit klopfendem Herzen, sagte er mir etwas Nettes: „Du siehst gut aus, Barbara. Und die Frisur steht dir."

„Ja, die Schwestern haben mich gut gepflegt", erwiderte ich verlegen. Hier an dieser Stelle hätte ich gerne

über meine Glaubenserfahrung gesprochen, aber ich wußte, wie er darüber dachte, und ich wollte das, was in mir da aufzukeimen begann, nicht zerstören lassen.

„Wo bleibt ihr denn so lange? Wir haben uns schon Sorgen gemacht!" empfing uns Mutter Hardt.

„Was soll das ‚Sie' zwischen uns, sag endlich ‚du' zu mir", hatte sie einmal zu mir gesagt. Aber das Du fiel mir noch immer schwer.

Mein Schwiegervater war erfreulicherweise noch zu einer Sitzung. Das erleichterte mir das Heimkommen gewaltig. Und dann gab es eine Überraschung: Gerd hatte einen dieser neuen Fernsehapparate gekauft. Ich glaube, wir gehören nun zu den wenigen Leuten, die tatsächlich – o Wunder! – in die Ferne schauen können.

Erwartungsvoll sah er mich an.

„Freust du dich?"

„Sehr", sagte ich, obwohl mir eigentlich ganz anderes am Herzen lag, und ich gab mir Mühe, mich mit diesem neuen Apparat vertraut zu machen.

In unserem gemeinsamen Schlafzimmer, als wir endlich im Bett lagen, nahm Gerd mich in seine Arme – und da passierte es: ich verwandelte mich in einen Stock. Und ich frage mich den ganzen Tag: Warum? Wieso? War es die Angst vor einer neuen Enttäuschung? Nein, ich glaube eher das Gefühl, er wollte mir zuliebe unsere Ehe nun doch noch zur Ehe werden lassen. Wollte mein tiefstes Inneres mir diese Erniedrigung ersparen? Ich weiß es wirklich nicht. Und, wie gesagt, ich mache mir bittere Vorwürfe.

„Das Kind ist nachtragend", habe ich meine Mutter oft sagen hören.

„Sie ist bockig", war dann die Entgegnung meines Vaters.

Aber war ich nicht freiwillig in unser Schlafzimmer

zurückgekehrt? Hatte ich nicht gewollt, daß zwischen uns alles in Ordnung kommt?

Gerd gab sich keine Mühe, mich zu erobern, er zog sich sofort zurück. Und es dauerte nicht lange, da hörte ich seine gleichmäßigen Atemzüge. Schlief er, oder tat er nur so?

Und wieder spürte ich, daß es uns beiden nicht gegeben war, darüber zu sprechen, was uns trennte. Diese Nacht war eine erneute Niederlage.

Ich lag wach, wollte weinen, hatte aber keine Tränen. Ich sehnte mich so sehr nach meinem schützenden Krankenhausbett zurück.

* * *

Mittwoch – mittags

Heute morgen gingen wir uns aus dem Weg.

Die Mosterei war in vollem Gange, und Gerd besprach mit Frau Hardt, wieviel Apfelsaft eingekellert werden sollte.

„Was meinst du, Barbara?", fragte er, wohl um vor anderen nichts von unserer Niederlage in der letzten Nacht erkennen zu lassen. Ja, was sollte ich meinen?

Frau Hardt nahm mir die Antwort ab: „Jedenfalls reichlich, wer weiß ob die Apfelbäume nicht schon im nächsten Jahr abgeholzt sind", sagte sie. „Dein Vater will schon wieder verkaufen. Hier oben soll gebaut werden."

Ich fühle mich heute wirklich schlecht, wie eine Versagerin.

Ach, es ist nicht einfach, mit Gerd und den anderen hier zu leben – trotz meines Glaubens. Gäbe es doch einen einzigen Menschen, mit dem ich über alles sprechen könnte! Ganz offen, ohne Scham. Frau Frieder scheint keine Scham zu kennen, und das stieß mich ab.

Und Schwester Jutta steht schon mit einem Bein im Himmel. Ihr konnte ich mich nicht ganz anvertrauen. Sie hätte bestimmt gedacht, ich wäre ganz auf Sex aus. Dabei habe ich doch noch nie . . .

Und ich weiß auch nicht, ob mir so etwas gefällt.

Was mich stört ist, daß er mich nicht begehrt. Jetzt kommt mir seine Annäherung wie eine erzwungene Pflicht vor. War es das, was mich in seinen Armen erstarren ließ?

Dabei möchte ich so gern ein Kind haben. So ein kleines vergnügtes krähendes Wesen. Wenn das erst in der Wiege liegt, wird mir alles andere gleichgültig sein. Wenigstens glaube ich das. Nein, ich bin überzeugt davon.

Ich will versuchen, mich Gerd zu nähern. Wenn ich doch bloß nicht solche Angst vor einer Zurückweisung hätte!

* * *

Mittwoch – spät abends

Gerd sitzt noch unten bei den Gästen; denn wir bekamen heute überraschend Besuch. Gerds Cousine tauchte mit ihrem Mann und ihren drei Kindern hier auf.

Mittags – ich machte gerade meine Aufzeichnungen – hörte ich plötzlich ein anhaltendes Hupen.

Ich lief ans Fenster und sah sie dort unten. Sie waren mit ihrem neuen knallroten VW-Käfer, den sie vor längerer Zeit schon bestellt hatten, auf den Hof gefahren, und sie waren natürlich sofort von allen umringt. Zuerst beäugten alle das neue Auto, dann wurde unser neuer Traktor bewundert. Und nun kamen sie alle ins Haus.

Wahrscheinlich ist nun der Fernseher dran, dachte ich.

„Barbara", rief Frau Hardt, „wo steckst du?"

„Ich komme", rief ich zurück, ordnete mir das Haar und eilte nach unten.

Susanne, fröhlich, klein und rund – sie erwartet bereits ihr viertes Kind –, begrüßte mich herzlich.

„Na, man sieht es dir an, daß du im Krankenhaus gelegen hast, blaß wie du bist", meinte sie und musterte mich. „Wie konnte das nur passieren?"

Erfreulicherweise blieb mir das Antworten erspart, denn die fünfjährige Brigitte nahm mich sofort in Beschlag. Ich mag sie besonders, sie ist ein so niedliches und aufgewecktes Kind.

„Tante Barbara, guck mal, was ich habe!" Sie streckte mir ihre Puppe entgegen.

Sie sorgte auch in der übrigen Zeit dafür, daß ich von der Ausfragerei verschont blieb; denn kaum hatten wir in der Stube ein Gespräch begonnen, fuhr sie dazwischen: „Spielst du mit mir, Tante?"

„Aber ja doch", ging ich wie stets darauf ein.

„Du kannst so gut mit Kindern umgehen, und sie mögen dich", sagte Susanne. „Wann ist es denn mal bei euch soweit?"

Ich schwieg.

Und dann wurde sie taktlos.

„Na, Gerds frühere Flamme, die Ursel, die hat ja nun einen Buben. Wir haben es in der Anzeige gelesen."

Ich schielte hinüber zu den Männern, aber die stritten über die Kommunalpolitik.

Und nun griff Frau Hardt ins Gespräch ein – ich war

ihr so dankbar dafür. „Susanne, warte es doch ab!" Und sie sah sie dabei strafend an.

Inzwischen ist es Abend, und sie hocken immer noch da unten und reden. Und das, obwohl die Kinder todmüde sind. Ich entschuldigte mich.

„Ja, geh nur, Barbara", sagte Gerd, „du brauchst Ruhe, du bist ja gerade erst aus dem Krankenhaus zurück."

Als ich die Treppe hinaufging, hörte ich noch, wie Susanne sagte: „Komisch, deine Frau, Gerd. Und diese Frisur, die sie trägt – so streng, sie wirkt so kirchlich."

Ich lief schneller, um nichts mehr hören zu müssen.

Oben im Schlafzimmer stellte ich mich vor den Spiegel und betrachtete mich. Bin ich wirklich so komisch?

Im Augenblick komme ich mir sehr verloren vor.

* * *

Freitag

Es klappt nicht mit unserer Liebe, und ich habe aufgegeben. Ich habe mir – schon, um meine Selbstachtung wiederzufinden – vorgenommen, nun mit Gerd wie Schwester und Bruder zusammenzuleben. Hoffentlich gelingt es mir. Ich bin sehr traurig, weil ich – das glaube ich zumindest – ihn noch immer liebe.

Gestern abend haben wir im Fernsehen einen von den alten Liebesfilmen gesehen und waren in guter Stimmung. Ich sehnte mich danach, von einem starken Mann in die Arme genommen zu werden.

Ich sehnte mich danach, daß Gerd mir – wie seinerzeit, noch lange vor unserer unglücklichen Hochzeitsnacht – über das Haar streicht und wie damals sagte „Ich liebe dich."

Und ich dachte: Heute wagst du es.

Innerlich zitterte ich. Da war die Sehnsucht, und da war zugleich die Furcht vor einer Zurückweisung.

Es war ganz still und sehr dunkel, und ich tastete nach seiner Hand.

Da unterbrach er die Stille, indem er sagte: „Was hältst du davon, Barbara, wenn ich nächstes Wochenende mal nach München fahre? Ich habe heute mit Robert telefoniert. Es geht ihm nicht besonders."

Meine Absicht, meine Stimmung waren wie weggeblasen.

„Wenn du willst", sagte ich und drehte ihm den Rücken zu. Er spürte wohl mein Verletztsein, denn jetzt war er es, der seine Hand auf meine Schulter legte.

„Bitte versteh das doch! Bitte, Barbara. Er ist mein Freund. Was wäre das für eine Freundschaft, wenn man einander im Stich ließe. Das hat doch nichts mit uns beiden zu tun."

Ich drehte mich zu ihm um und schlüpfte in sein Bett. Er küßte meine Wangen und strich mir wirklich über das Haar.

Aber dabei blieb es.

In mein Bett zurückgekehrt, hätte ich losheulen können. Doch ich verhielt mich ganz still. Ich war so verletzt, und ich fühlte mich so gedemütigt. Hatte ich das nötig?

In dieser Nacht schlief ich schlecht. Ich hatte ein Gelübde abgelegt und wollte und mußte es halten. Das wußte ich schon. Aber niemand kann von mir verlangen, daß ich weiterhin mit Gerd das Schlafzimmer teile.

Heute früh richtete ich mir das Zimmer her, das eigentlich mal als Kinderzimmer gedacht war und in dem jetzt immer Tante Gertrud schlief, wenn sie uns besuchte.

Sollten doch alle wissen, daß wir nicht miteinander schlafen. Aber dann überlegte ich es mir: Tagsüber werde ich das Bettzeug immer ins Schlafzimmer räumen, um mich nicht unbequemen Fragen auszusetzen.

Mutter Hardt kommt zwar selten hier herauf, aber Vorsicht ist besser als Nachsicht.

Ich dachte an Schwester Jutta, die aus Liebe zu ihrem Glauben auf alles Weltliche verzichtete. Warum sollte mir das nicht auch gelingen?

Ich zog mich adrett an, frisierte mich und ging mit hoch erhobenem Kopf die Treppe hinab.

Mich soll in diesem Leben niemand mehr verletzen. Das schwöre ich mir.

* * *

Ende März

Es ist noch ziemlich kalt. Seit 10 Tagen haben wir einen kleinen Hund. Das heißt, Gerd hat einen. Und zum ersten Mal in meinem Leben spüre ich, daß ich neidisch sein kann; denn wenn ich beobachte, wie er mit dem jungen Tier umgeht, es streichelt und an sich drückt, könnte ich weinen. Sein Gesicht wirkt dann völlig entspannt. Und Gerd schaut dann jungenhaft süß aus. Er gibt dem Tier alle Liebe, die ich mir wünsche.

Dafür allerdings bekommt das Hündchen von Gerds Vater Grobheiten zu spüren, heute zum Beispiel einen solchen Fußtritt, daß es in die Ecke flog. Flink, so nennt ihn Gerd, jaulte schrecklich. Demonstrativ nahm ich ihn auf den Arm und lief die Treppe zu unserer Wohnung hinauf.

„Ja, ja, einen Köter könnt ihr euch anschaffen. Zu mehr reicht es wohl nicht“, sagte Gerds Vater zynisch. Diese Worte gaben mir einen heftigen Stich ins Herz.

Mit dem Tier im Arm, das sich an mich kuschelte, saß ich auf der Couch und weinte.

Gerd erzählte ich nichts von diesem Vorfall.

Ich glaube, Flink mag mich. Und das gefällt Gerd.

Wenn ich nicht so eifersüchtig auf das Tier wäre, gäbe es einen guten Gesprächsstoff für uns.

Frau Hardt schimpft.

„Wie kann man nur so ein Theater um so ein Tier machen! Greif liegt doch auch an der Kette", sagte sie kopfschüttelnd. „Der Bub ist halt kein Bauer."

Greif ist der Jagdhund meines Schwiegervaters.

* * *

Mai

Die Apfelbäume stehen noch und blühen herrlich, aber es regnet den ganzen Tag. Dennoch: der Mensch ist so, daß ihn schon eine kleine Hoffnung aufrechterhält, manchmal auch beschwingt.

Zwischen Gerd und mir hat sich nichts geändert, wir leben wie Geschwister nebeneinander her.

Ich versuche, mir mit Lesen eine Insel der Freude zu schaffen; denn für meinen Schwiegervater bin ich weiterhin Luft. Er geht an mir vorüber, als wäre ich nicht vorhanden. Das tut weh, doch ich will es ertragen. Ich versuche, mich in die Arbeit zu stürzen und sie so gut wie möglich zu machen, und oft gelingt es mir. Aber ich muß vorsichtig sein, damit ich bei Frau Hardt nicht Eifersucht und Neid hervorrufe, denn das habe ich längst herausgefunden: sie will unübertrefflich bleiben.

Unseren Garten habe ich zum Blühen gebracht. Hyazinthen, Stiefmütterchen, Osterglocken, Primeln und Narzissen schmücken die Beete und nicht zuletzt die

Steingärten vor dem Haus. Es ist der reinste Blütenteppich, und jeder, der kommt, lobt und möchte einen Rat. Für mich ist die Arbeit und das Lesen das, was mich über alles hinwegträgt.

Doch heute an diesem regnerischen Tag will mich wieder die Schwermut erfassen. Und ich schäme mich meiner schlechten Stimmung, und ich schreibe kaum etwas auf, es lohnt sich nicht.

* * *

Ende Juli

Nun habe ich doch etwas, das aufzuschreiben sich lohnt. Letzten Sonntag waren wir, Tante Els, Gerd und ich, mit dem Auto auf dem Hohenstaufen, das heißt, das letzte Stück durch den Wald muß man ja gehen, was Tante Els wegen ihres Herzleidens sichtlich schwerfiel. Wie wunderschön ist es dort oben, wahrhaftig ein kaiserlicher Rundblick! Und ich bin immer wieder erstaunt über Gerds Geschichtskenntnisse und wie er sie zu vermitteln versteht, das gefällt Tante Els.

„Ach, mein Junge, hättest du doch Lehrer werden können!" flüsterte sie, als er uns über die Staufer berichtete und abschließend sagte: „Wie konnten die Staufer nur in Süditalien ihr Glück versuchen wollen, wenn sie eine solche Heimat hatten! Und wie anders wäre die Geschichte verlaufen, wenn sie ihr Genie und ihre Mühe auf Deutschland verwandt hätten! – Müßige Gedanken", fügte er hinzu, „aber hier angesichts ihrer Burgen kommen sie einem schon."

Ach, Gerd, dachte ich, wer hat schon sein Schicksal in der Hand? Da gibt es so viele Zwischenstufen zwischen Wollen und Handeln, zwischen Vernunft und

Gefühl, und gibt es da nicht noch ein drittes Unkontrollierbares, das in uns ist und uns lenkt? Ich denke jetzt oft über solche Fragen nach, weil in mir trotz Vernunft und dem guten Willen etwas nagt, gegen das ich – wie gesagt – vergeblich ankämpfe.

In einem Café-Garten saßen wir dann noch lange und genossen die Aussicht – und einen Eisbecher.

Gerd führte uns auch noch in das Heimatmuseum, was sehr interessant war. Alte Bürgerstuben, eine Küche, eine Spinnstube und alte Geräte. Tante Els, die Bildungsstolze, unterhielt sich glänzend mit Gerd. Die beiden verstehen sich großartig.

Sie ahnt wohl nicht, wie es mit uns beiden steht. Sie weiß nicht, daß wir keine normale Ehe führen, das weiß außer uns niemand.

* * *

September

Tante Gertrud besuchte uns auf der Durchreise nach Italien. Erfreulicherweise war Gerds Vater auf einer Dienstfahrt.

„Lieber Himmel, siehst du schlecht aus, du bist ja richtig alt geworden, Barbara!" rief sie aus.

Ich wußte nichts darauf zu antworten. Es traf mich sehr, und heimlich betrachtete ich mich lange im Spiegel.

Gerd zeigte sich von seiner liebenswürdigsten Seite. Und wie immer in solchen Fällen, spielte er den zärtlichen Ehemann und war ein aufmerksamer Gastgeber. Er fuhr mit Tante Gertrud durch die Gegend und zeigte ihr viele Sehenswürdigkeiten. Ich entschuldigte mich, denn wir waren beim Einwecken, und da konnte ich wirklich nicht fort.

Ich atmete auf, als ihr Zug abfuhr und wir ihr nachwinken konnten.

* * *

Weihnachten

Der Heilige Abend war schrecklich. Ich habe nicht gewußt, wie schlimm es ist, einen Asthma-Anfall zu haben und nach Luft zu ringen. Vielleicht war es auch ein Herzanfall. Genau weiß man das noch nicht. Jedenfalls liege ich nun Weihnachten über im Bett und lasse mich von Gerd verwöhnen. Und die Ärztin sagte, sobald sich der Anfall wiederholen würde – und ich habe schreckliche Angst davor – sollte Gerd den Rettungswagen rufen, damit er mich sofort ins Krankenhaus fährt. Sie hat mir eine Spritze verabreicht und auch Tabletten hiergelassen, die zu helfen scheinen, wenigstens im Augenblick. Gleich nach den Feiertagen soll ich in ihre Praxis zu einer gründlichen Untersuchung kommen, denn hier zu Hause kann sie keine Diagnose stellen.

Ich denke mir, es hängt mit der Aufregung, die ich am Heiligen Abend hatte, zusammen. Ich bin wohl leider nicht in der Lage, mein Schicksal anzunehmen und das zu ertragen, was mir auferlegt wurde. Ich habe versagt. Und dort, wo ich Liebe spüren, verzeihen sollte, glüht Haß.

Nein, kein Wort mehr!

Die Sache war die: Nachdem der Weihnachtsbaum in der Gesindestube geschmückt war, ging ich dazu über, auch unser kleines Privatbäumchen anzuputzen, das Gerd aus unserem Wald geholt hatte. Es sollte ein schönes Fest werden. Der Tag war trocken, nicht zu kalt. Zwar fehlte der Schnee, aber im Zimmer war es gemütlich. Ich hatte einen Weihnachtsbraten für die Familie vorbereitet und die Geschenke verpackt. Später sollte es Glühwein geben. Und ich freute mich sehr auf die Christmette um Mitternacht.

Doch es kam anders. Ich nahm gerade wieder eine Glaskugel aus der Schachtel, da hörte ich laute Stimmen und lief zur Tür. „Mit euch zusammen Weihnachten feiern?" schrie mein Schwiegervater.

„Aber, Vater, es ist ein Familienfest!" hörte ich Gerd erwidern. „Eben! Wo ist denn die Familie? Wo sind denn die Kinder, meine Enkel? Wie lange wollt ihr damit warten?

Aber das war ja vorauszusehen, bei der Frau, die du dir ins Haus geholt hast. Sie ist nicht nur bettelarm und will hier die Dame spielen, sondern sie ist auch nicht mal imstande, ein Kind zur Welt zu bringen!"

„Aber Vater, sei doch nicht so laut!" sagte Gerd beschwichtigend.

Heftig tönte es zurück: „Ich bin so laut, wie ich will. Außerdem muß das mal gesagt werden. Die mit ihrem frommen Getue soll endlich mal sagen, wann es soweit ist. Oder soll ich im Leben mich ganz umsonst abgeschuftet haben, ohne Enkel bleiben? Ich habe es ja gewußt . . ."

Ich schloß die Tür. Mir war, als bliebe mir das Herz stehen. Wie in Trance versuchte ich, den Baum weiter zu putzen. Eine Kugel fiel mir aus der Hand.

Ist das die Frucht meines Bemühens? Warum verteidigt mich Gerd nicht? Warum sagt er nicht: „Das liegt nicht an Barbara." – Warum? Ist er zu feige? Natürlich ist er feige.

Wir sind uns als Ehepaar keinen Schritt nähergekommen. Wir leben weiterhin wie Geschwister miteinander, und wir unternehmen manches, aber wenn ich es mir richtig überlege, frißt in mir ein Wurm. Und das, obwohl ich mich bemühte, fröhlich zu sein und nach Gottes Willen zu leben. Und jetzt, nachdem ich das gehört habe, das, was ich bereits gespürt, geahnt hatte, weiß ich, ich kann es nicht ertragen.

Ich lief ins Schlafzimmer, und da passierte es: ich rang nach Luft und drohte zu ersticken. Gerd kam glücklicherweise hinzu und holte gleich die Ärztin.

Nein, nicht noch einmal so einen Anfall – dann lieber sterben! Ja, ich möchte sterben; denn so will ich nicht mehr leben, so kann ich nicht weiterleben.

* * *

28. Dezember

„Wie lange sind Sie verheiratet?" fragte mich vorhin Frau Dr. Schmidt. Ich hatte mich nach der gründlichen Untersuchung wieder angekleidet und saß ihr jetzt am Schreibtisch gegenüber. Sie ist eine Frau mit hellwachem Gesicht, und ihr Alter läßt sich schwer schätzen.

Ich senkte den Blick. „Dreieinhalb Jahre."

„Und da sind Sie noch Jungfrau?"

Ich spürte, wie ich blutrot wurde.

„Wie kommt denn das? Verstehen Sie sich mit Ihrem Mann nicht?"

Ich wußte keine Antwort.

„Na ja, dann ist mir klar, woher Ihr Asthma-Anfall rührt", sagte sie bestimmt, „er muß seelische Ursachen haben. Wenn ich Ihnen helfen soll, müssen Sie Vertrauen zu mir haben. Sie können mir alles sagen; ich bin Ihre Ärztin.

Wie kommt es also, daß Sie noch Jungfrau sind?"

„Wenn ich das wüßte!"

„Na ja, irgendwie müssen Sie sich doch schon einmal Gedanken darüber gemacht haben. Dreieinhalb Jahre sind eine lange Zeit." Sie sah mich wie ein Weltwunder an.

„Ich glaube, ich habe meinen Mann in der Hochzeitsnacht verschreckt", antwortete ich noch immer glutrot.

„Wieso verschreckt?"

Ich erzählte ihr das mit dem Sektunglück.

„Das kann doch nicht der alleinige Grund sein", erwiderte sie. „Soll ich mal mit Ihrem Mann reden?"

„Nein, bitte nicht, Frau Doktor!"

„Nun, und wollen Sie so weiter mit ihm leben? Vielleicht weitere Asthma-Anfälle bekommen?"

„Daran liegt es nicht. Es liegt daran, daß mein Schwiegervater Enkel erwartet und mich für die Schuldige hält."

Dann erzählte ich ihr, was ich Heiligabend gehört hatte und wie mich das kränkte.

„Und Ihr Mann, er klärt seinen Vater nicht auf, sagt nicht, daß Sie keine Schuld haben können?"

„Eben nicht", erwiderte ich.

„Nun ja", sagte sie, „es ist nicht meine Sache, Ihren Schwiegervater aufzuklären. Aber Sie sollten es tun, Sie sollten nicht das, was Sie bedrückt, hinunterschlucken."

„Das geht nicht, das geht bestimmt nicht. Das könnte ich nicht auf mein Gewissen laden. Mein Schwiegervater würde seinen Sohn verachten. Er ist sowieso schon von ihm enttäuscht, weil Gerd nicht der Mann ist, den er sich für seinen Hof wünschte, kein Landwirt mit Herz und Nieren. Er setzt ihn deshalb bei jeder Gelegenheit herab. Und was das zwischen Mann und Frau betrifft, so ist er roh."

Ich spürte, wie sie mich ins Visier nahm.

Ich brachte kein weiteres Wort heraus.

„Sie sind schon ein eigenartiger Mensch, verzeihen Sie, aber wenn ich Ihnen helfen soll, muß ich Ihnen das sagen. Sie leben anscheinend gegen Ihre Natur. Sie erdulden etwas, das Sie eigentlich nicht wollen."

„Ich bin Christ", sagte ich, „und ich bin auf diesen Platz gestellt und muß es ertragen."

„Wer sagt Ihnen denn das?"

„Mein Glaube an Gott. Die Seligpreisung in der Bergpredigt."

„Glauben Sie nicht, daß Sie die Seligpreisung falsch verstanden haben?"

Diese Frage verunsicherte mich. „Nein, das glaube ich nicht. Da ist von Sanftmut und Geduld die Rede und von Liebe, und danach versuche ich zu leben. Ich weiß, es ist schwer, und manchmal habe ich den Wunsch, davonzurennen und ein anderes Leben zu beginnen. Aber das darf ich nicht."

Sie sah mich nachdenklich an. Schließlich sagte sie: „Wenn Ihre Ehe nicht in Ordnung kommt, sollten Sie das aber tun. Sie sollten es tun, solange noch Zeit ist, sonst sehen wir uns an einem anderen Ort wieder, nämlich in einer Nervenklinik; denn es gibt etwas in uns, das läßt sich nicht vergewaltigen, das meldet sich, wie gesagt, irgendwann und auf irgendeine Weise zu Wort. Vor allem, wenn es nicht mit dem, was wir tun, einverstanden ist."

„Aber ich bin damit einverstanden."

„Fühlen Sie sich denn nicht gekränkt? Ich meine, wundert Sie das nicht, daß Ihr Mann sich Ihnen sexuell nicht nähert?"

Darauf wußte ich keine Antwort.

„Unterhält er Beziehungen zu einer anderen Frau?"

„Nein, bestimmt nicht. Er geht nirgends hin. Nur

manchmal fährt er nach München zu seinem ehemaligen Schulfreund."

Sie stutzte. „Und nimmt er Sie nicht mit?"

„Nein, er meint, ich würde mich bei ihren Gesprächen, die nur Männer interessierten, nur langweilen. Sie unterhalten sich über Literatur und Kunst und all die Dinge, von denen ich wenig verstehe.

Und Frau Hardt, unsere Wirtschafterin – Sie haben sie ja kennengelernt, Frau Doktor; sie ist für ihn eine Art Muttersatz –, meint, ich solle ihm diese Wochenendreisen gönnen, es sei schon genug, daß sein Vater meckert. ‚Es ist doch immerhin besser, er trifft sich immer mal mit seinem Freund', sagt sie, ‚als wenn er sich, wie viele Männer, in den Kneipen herumdrücken würde, kegeln oder Skat spielen ginge.' Früher sei er ja im Kirchenchor gewesen, aber dazu sei er ja jetzt nicht mehr zu bewegen."

„Nun ja", sagte Frau Dr. Schmidt, „alles sehr schön und gut. Dennoch muß es Ihnen doch zu denken geben, wenn Ihre Ehe nicht vollzogen wurde, und es ist begreiflich, wenn sich Ihr tiefstes Inneres dagegen wehrt und damit nicht einverstanden ist."

„Aber ich bin einverstanden."

„Sie reden sich das nur ein. Nun gut, ich gebe Ihnen etwas, das wird Sie fürs erste beruhigen. Es ist ein neues Medikament. Es kommt aus der Schweiz. Aber es dauert ein paar Tage, bis es wirkt.

Doch letztendlich hilft es Ihnen nur, wenn Sie sich nicht weiter Gewalt antun, sondern wieder Sie selbst werden, mit anderen Worten: so werden, wie Sie Gott geschaffen hat. Wenn Sie nein sagen können zu dem, was Sie nicht wollen, und sich zu einem Ja durchringen zu dem, was Sie möchten."

„Ich weiß nicht mehr, was ich möchte", sagte ich, „eigentlich nur das, was unser Herrgott will."

„Und wie wissen Sie es, was er wirklich will?“

„Durch die Bibel“, antwortete ich.

„Soviel ich weiß, steht in der Bibel, daß Mann und Frau ein Fleisch sein sollen. Aber Ihre Ehe wurde nicht vollzogen, mit anderen Worten: Sie sind nur auf dem Papier verheiratet.“

„Ich liebe meinen Mann“, sagte ich, „und ich könnte ihn nie verlassen. Ich wüßte auch nicht, wohin.“

Sie sah mich nachdenklich an, und ich las Verständnislosigkeit in ihrem Gesicht.

„Erzählen Sie mir bitte etwas aus Ihrem Leben“, sagte sie.

Ich dachte an den überfüllten Warteraum, und sie schien das gleiche zu denken. Sie erhob sich, ging zur Tür und rief die Sprechstundenhilfe herein.

„Christel“, ordnete sie an, „bitte teilen Sie den Patienten mit, es wird länger dauern, nur die ganz dringenden Fälle sollen warten. Die übrigen Patienten möchten erst zur nächsten Sprechstunde wiederkommen.“

Und dann saßen wir uns gegenüber. Sie holte alles aus mir heraus. Zuerst erzählte ich stockend, später strömte es wie ein Wasserfall über meine Lippen. Bevor ich ging, drückte sie mir noch ein Buch in die Hand.

„Legen Sie sich zu Hause hin und lesen Sie das.“

* * *

Es sind die Briefe von Lieselotte von der Pfalz. Und jetzt, da ich das Buch gelesen habe, frage ich mich:

Warum hat mir Frau Dr. Schmidt dieses Buch in die Hand gedrückt? Briefe, in denen jene Lieselotte über die – wie nennen sie es doch gleich? – Homosexualität ihres Mannes berichtet. Vermutet sie, Gerd könnte die gleiche

Veranlagung haben? Angst und Schrecken erfassen mich, wenn ich so etwas denke.

Soviel ich weiß, ist es strafbar. Ich weiß das inzwischen, weil in letzter Zeit in der Regierung heftig um die Abschaffung dieses Paragraphen gestritten wird und dadurch dieses Tabuthema allgemein ins Gespräch gekommen ist.

Ich habe mich bisher kaum dafür interessiert, weil mich anderes bedrückte.

Jetzt fällt mir auch ein, was Frau Frieder damals aus der Zeitung vorlas. Von jenem Mann – wie hatte sie gesagt? –, den man grün und blau geschlagen habe. Und hatte sie da nicht auch diesen zur Debatte stehenden Paragraphen genannt?

Aber Gerd? – Nein!

Doch da ist Robert, zu dem er manchmal reist.

Und nie will er mich dabeihaben.

Solche Gedanken bringen mich ganz durcheinander.

Und sie wirbelten mir auch im Kopf herum, als Gerd ins Schlafzimmer kam. Er schloß hinter sich leise die Tür.

„Fühlst du dich besser, Barbara?" fragte er unsicher.

„Ich weiß nicht." Demonstrativ streckte ich ihm das Buch entgegen. „Kennst du es?"

Er nahm es, blätterte darin, las ein paar Zeilen, legte es auf meinen Nachttisch zurück – und sein Gesicht stand in Flammen.

Also doch! dachte ich.

Gerd war ans Fenster getreten, und ich konnte sehen, wie erregt er war.

In mir kam Wut hoch.

Also hat er mich nie geliebt. Vielleicht hat er mich nur geheiratet, damit seine Veranlagung nie ans Tageslicht kommen sollte, mich benutzt als Mittel zum Zweck, für dumm verkauft. Ich hätte losbrüllen können.

Doch ich beherrschte mich und sagte nur: „Gerd, wenn es mit dir so ist, wäre es nicht besser, wir trennten uns?“

Er drehte sich um, ballte die Fäuste und sagte: „Wenn du das tust, bringe ich mich um.“

„Aber ich kann nicht so mit dir leben.“

Und nun sprudelte es aus mir heraus: „Warum hast du mich eigentlich geheiratet, so ohne Liebe? Du hast es doch gewußt.“

„Aber ich liebe dich doch, Barbara!“ Es klang wie ein Hilfeschrei.

„Das habe ich anfangs auch geglaubt. Aber seit München hast du dich verändert. Ich rätselte, dachte damals, Robert hätte dich gegen mich aufgehetzt.“

Er schaute wieder aus dem Fenster. „Das hat er nicht“, sagte er leise. „Das mit Robert ist ganz etwas anderes, glaub mir, es hat nichts mit der Liebe zu dir zu tun. Aber dann, wie soll ich's dir erklären, Barbara? Du bist für mich wie eine Heilige. Ich könnte es nicht, ich muß an meine Mutter denken.“

Er schluchzte. Seine Schultern hingen hilflos herab.

„Hast du mich . . .“ Ich stockte. Das, was ich fragen wollte, ging mir schwer über die Lippen. Aber dann nahm ich allen Mut zusammen, und es klang härter, als ich es hatte sagen wollen: „Hast du mich deshalb in unserer Hochzeitsnacht zum übermäßigen Sekttrinken verleitet? Sag es, ich muß es wissen!“

„Ach, Barbara, ich weiß es doch selbst nicht.“

Er kam zurück, warf sich auf mein Bett und verbarg sein Gesicht in der Bettdecke. Er schluchzte, er weinte, wie ich noch nie einen Mann habe weinen sehen.

Ist er denn so unglücklich? Sanft strich ich ihm über das Haar.

„Wenn du mich verläßt, Barbara, dann will ich nicht weiterleben, dann bringe ich mich um", schluchzte er.

Mitleid überwältigte mich. Ich hatte nicht gewußt, nicht geahnt, daß auch er so unglücklich ist, daß sein oft zu Eis erstarrtes Gesicht eine Maske ist, hinter der er sich verbirgt, verbirgt vielleicht aus Angst, es könnte irgend jemand davon Wind bekommen.

Ich strich ihm wieder über sein Haar. „Gerd, beruhige dich doch. Ich verlasse dich nicht." Im selben Moment fiel mir mein Asthma-Anfall vom Heiligen Abend ein. „Aber kannst du deinem Vater nicht irgendwie klarmachen, daß ich nicht schuld daran bin, wenn er keine Enkel haben wird? Du mußt ihm ja nicht die volle Wahrheit sagen."

„Nein", sagte er, „das kann ich nicht. Du weißt genau, wie er ist; das kann ich nicht."

Wieder kam Mißtrauen in mir auf: Ist das seine Liebe zu mir?

Ich mußte an Ursel denken, die ihn seinerzeit unbedingt haben wollte. Sie hätte bei dieser Entdeckung sicher kein Federlesen gemacht, sondern hätte es hinausposaunt. War ich für ihn eine Notlösung gewesen?

Doch da sagte er schon: „Ich liebe dich, Barbara, ich liebe dich wirklich, glaub es mir. Das andere hat nichts mit Liebe zu tun."

„Komm, hör auf mit Weinen, Gerd!"

Und ich wollte sagen: „Versprichst du mir, daß du diesen Robert nie wieder treffen wirst? Dann will ich zu dir halten."

Doch ich kam nicht mehr dazu. Die donnernde Stimme seines Vaters schallte durchs Haus: „Wo steckst du, du Memme, eine Kuh will kalben."

Gerd rannte nach unten. Er rennt immer, wenn sein Vater herumdonnert. Es ist nicht viel von dem Mut, den er damals zeigte, als er sich nach München geflüchtet hatte, übriggeblieben.

Ach, mir war so schwer ums Herz. Ich blickte hinaus in den hellen, eisfarbenen Winterhimmel, und ich fragte mich: Kann ich wirklich ertragen, was mir da auferlegt worden ist? – Ich will es ja, aber da ist die Angst.

Schnell stand ich auf, kleidete mich an und ging hinunter.

Frau Hardt bügelte Hemden.

„Kann ich dir helfen?" fragte ich.

„Geht's dir besser?"

„Eigentlich nicht."

Sie schüttelte den Kopf. „Was du bloß hast, jung, wie du bist!

Nun komm, bügle hier weiter, ich gehe ans Ausbessern."

Sie setzte sich an die Nähmaschine, und während ich zu bügeln begann, dachte ich: Ob ich diese tüchtige Person je ersetzen kann? Sie erledigt die Arbeit nach Uhr und Plan und ist ungehalten, wenn diese Pläne durchkreuzt werden. Jetzt war das Ausbessern und Bügeln an der Reihe. O ja, man kann von ihr lernen. Was mich beruhigt: Sie gefällt sich in ihrer Dominanz, und irgendwie scheint sie froh zu sein, daß nicht Ursel Gerds Ehefrau geworden ist.

Mich kann das wenig trösten. Sicher, ich habe Gerd aus Mitleid ein Versprechen gegeben. Doch schon jetzt spüre ich, daß mich dieses Versprechen keinesfalls aus meinem Zwiespalt, aus der inneren Bedrängnis herausführen kann.

Dann dachte ich wieder: Vielleicht geht es doch, weil ich jetzt etwas klarer sehe.

Aber will ich so leben?

Wie hat Frau Dr. Schmidt gesagt: Es gibt da etwas in uns, das läßt sich nicht vergewaltigen.

Dennoch, ich muß bleiben. Nicht auszudenken, wenn Gerd seine Drohung, sich umzubringen, wahrmachen würde; könnte ich dann mit meinem Schuldgefühl weiterleben?

Ich legte das Hemd zusammen. Es gelang mir diesmal nicht sehr gut.

Frau Hardt schaute von ihrer Näharbeit auf und zu mir herüber. Sie trat zu mir, riß das gefaltete Hemd wieder auseinander, faltete es neu und sagte dabei, mit leichtem Vorwurf in der Stimme: „So macht man das!"

* * *

Neujahr

Schon wieder ein Asthma-Anfall! Es war gegen drei Uhr morgens, als ich aufwachte und nach Luft rang.

Ich hatte nicht mit meinen Angehörigen Silvester gefeiert, sondern Frau Hardt und Gerd mit ihrem Punsch allein gelassen. Mit den Worten „Ich fühle mich nicht wohl" hatte ich mich zurückgezogen.

Ich nahm etwas ein und schlief bis Mitternacht. Das Glockengeläut und die Knallerei von Feuerwerkskörpern weckten mich.

Als ich zum zweiten Mal aufwachte – es war so gegen drei Uhr –, sah ich das neue Jahr wie einen unüberwindlichen Berg vor mir. Plötzlich überfiel mich eine gewaltige Angst. Ein Stein schien auf meiner Brust zu liegen. Ich bekam keine Luft und keuchte: „Hilfe, ich ersticke, ich ersticke!"

Gerd erwachte, knipste die Taschenlampe an – seit meinem ersten Asthma-Anfall schlafen wir im gemeinsamen Schlafzimmer – und er schien zutiefst erschrocken. Ohne seinen Morgenmantel überzuziehen, lief er und weckte Frau Hardt. Sie kam aufgeregt, noch ungekämmt, ohne Haarteil und ohne Zahnprothese hereingestürmt. „Hol sofort die Ärztin, geschwind, beeile dich, es pressiert!“

Sie riß die Fensterflügel auf; es hatte etwas geschneit, und die frische Schneeluft strömte ins Zimmer. Aber sie nützte mir nicht viel. Mir war, als wäre mein Hals zugeschnürt.

Mir erschien es wie eine Ewigkeit, bis Frau Dr. Schmidt eintraf, dabei hatte sie sich beeilt. Sie zog sofort eine Spritze auf und sah mich vorwurfsvoll an: „Warum sind Sie nicht zu dem vereinbarten Termin gekommen?“ schien sie zu fragen.

Ja, warum nicht? Ich wollte nichts mehr aus mir herausquetschen lassen. Ich konnte ihren Rat nicht befolgen, nämlich Gerd zu verlassen. Was, wenn er sich dann tatsächlich das Leben nähme, könnte ich da weiterleben?

Aber nach diesem Anfall weiß ich, ich muß sie erneut aufsuchen, und sie sagte ja auch: „Wenn ich Ihnen helfen soll, müssen Sie sich schon an meine Anweisungen halten und sich in meine Praxis bemühen.“

Sie sprach wohl auch ein paar harte Worte mit Gerd, allerdings draußen vor der Schlafzimmertür. Ich hörte so etwas wie: „Ihre Frau muß für einige Zeit in ein Sanatorium.“

Um Himmels willen, dachte ich, nur das nicht! Ich bin ja nicht in der Krankenkasse, und schon mein damaliger Krankenhausaufenthalt hat soviel Kosten verursacht und wird mir mehr oder weniger zum Vorwurf gemacht. Ich, die ich nichts besitze! Und warum hat er so eine wie mich ins Haus geholt? Dieser Vorwurf von seinem Vater haftet Gerd an.

Frau Hardt kam herein und brachte mir eine Tasse Tee.

„Trink, das wird dir guttun. Sachen machst du, Sachen! So eine junge Frau! Die Krankheit liegt wohl in eurer Familie."

Ich schwieg und trank gehorsam von dem Tee. Ihr zu widersprechen wäre sinnlos. Ihr Urteil klingt stets so unfehlbar; sie vermittelt immer das Gefühl ihrer Überlegenheit.

„Möchtest du etwas essen?"

Ich schüttelte den Kopf und legte mich in mein Kissen zurück. Die Spritze tat ihre Wirkung. Ich war zu müde, um zu antworten.

Jetzt am Nachmittag ist es still im Haus – und still in mir.

Aber die Angst bleibt. Ich habe Angst vor der Angst. Angst vor dem Leben. Und nichts scheint zu helfen. Auch keine Gebete.

* * *

Drei Tage später

Nun war ich doch erneut bei der Ärztin.

„Ihre Erkrankung hat seelische Ursachen, die sich körperlich auswirken, Frau Stein", sagte Frau Dr. Schmidt.

„Seelische Ursachen?"

„Ja, es ist eine Art Depression."

„Wie? Bin ich geisteskrank?"

„Nein, so möchte ich es nicht nennen."

Ich saß ihr am Schreibtisch gegenüber. In ihrem blütenweißen Kittel wirkte sie frisch und gesund.

„Oft ist es nichts weiter als das Gefühl, der Gefangene von unabänderlichen Zuständen zu sein. Und das scheint mir bei Ihnen der Fall."

„Was soll ich tun, Frau Doktor? Ich kann doch meinen Mann nicht verlassen. Ich wüßte auch nicht, wohin ich soll."

Einen Augenblick überlegte ich, ob ich ihr von Gerds Selbstmorddrohung erzählen sollte. Und von meiner Furcht, er könnte sie wahr machen.

Doch da fragte sie schon: „Haben Sie mal in das Buch, das ich Ihnen geliehen habe, hineingeschaut?"

„Ja, ich habe es gelesen."

Ich kramte es aus meiner Tasche hervor und legte es ihr auf den Schreibtisch.

„Vielen Dank auch, Frau Doktor!"

Sie sah mich prüfend an. Ich fühlte mein Rotwerden.

Nein, ich konnte und wollte Gerd nicht preisgeben.

Sie schien es zu spüren.

„Auch Ihr Mann sollte sich in Behandlung begeben. Am besten, Sie gehen beide. Er kann Ihnen doch ein solches Leben nicht zumuten. Will er sich denn hinter Ihrer Ehe verstecken?"

„Das kann schon sein. Sein Vater und die Leute . . .", stotterte ich. „Und seine Mutter hat ihm, bevor sie starb, ein Versprechen abgenommen. Vielleicht ginge er sonst hier fort. Er hat es schon einmal versucht."

Ich erzählte ihr von seiner Flucht nach München. Sie wurde sehr nachdenklich.

„Zumindest sollte er mal einen Arzt aufsuchen", sagte sie.

„Ich glaube nicht, daß ich ihn dazu überreden könnte. Ich kann ihn auch nicht verlassen. Ich bin ein gläubiger Mensch."

„Das sagten Sie bereits."

„Ich versuche, mein Wort, das ich vor dem Altar gab, zu halten. Sonst würde mich mein Gewissen quälen."

Erstaunen lag in ihrem Gesicht, deshalb versuchte

ich, mich verständlicher zu machen: „Ich versuche auch, nach den Seligpreisungen zu leben."

„Ich weiß, ich weiß", erwiderte sie und sagte dann sehr nachdenklich: „Schön, wenn wir diese Weisheiten richtig üben könnten! Schon Fontane sagte einmal: ‚Sie sind das einzig Wahre, und die ganze Größe des Christentums steckt in jenen paar Aussprüchen. In ihnen liegt die Menschenordnung, nicht die Weltordnung, von der wir gar nichts wissen.' Wie wahr, wie wahr! Doch wir leben von der Vergebung, soviel ich weiß; denn können wir Christus so nahekommen, ohne zu scheitern, zu scheitern an unseren menschlichen Schwächen?

Nur Menschen ohne die geringste Selbsterkenntnis bringen diesen Hochmut auf. Das sind dann die Leute, vor denen sich Ihr Mann zu Recht fürchten muß, vor denen er sich anscheinend zu verstecken versucht, weil er . . .

Ach, was soll's? Ich kann ihn verstehen. Was ich nicht verstehen kann, ist das, daß er Sie für seine, na, nennen wir es mal Angst, büßen läßt. Und in dieser Hinsicht glaube ich, daß Ihr Sich-Opfernwollen völlig sinnlos ist und keinesfalls gottgewollt. Darüber sollten Sie nachdenken, wenn Sie gesund werden wollen.

Vielleicht gelingt es Ihnen", fuhr sie fort, „von der gottgewollten Entscheidungsfreiheit des Menschen Gebrauch zu machen, indem Sie Ihren Mann vor eine Alternative stellen, gemeinsam einen Arzt, einen Spezialisten aufzusuchen oder . . ."

„Ich kann mich nicht von ihm trennen", unterbrach ich sie.

Sie schien mir diesen Einwand zu verübeln; denn sie sagte nur noch: „Ich verschreibe Ihnen nochmals die Tabletten. Sie werden Sie beruhigen, aber auf die Dauer helfen können sie nicht. Sie müssen wieder zu sich selbst finden, wenn Sie von weiteren Asthma-Anfällen verschont bleiben wollen. Rein körperlich gesehen, sind Sie gesund. Das sagte ich Ihnen bereits."

Ich glaube, so ähnlich redete sie auf mich ein. Ich kann es nur mit meinen Worten wiedergeben.

Schließlich begleitete sie mich zur Tür.

Auf dem Heimweg dachte ich weiter über all das nach, was mir Frau Dr. Schmidt gesagt hatte. Sie hat sicher recht, aber was nützt mir das? Gerd hat mich mit seiner Selbstmorddrohung in die Enge getrieben. Ich muß bei ihm bleiben.

Dennoch fiel mir ein Wort von Plato ein, auf das ich neulich zufällig gestoßen war, als ich Gerds Bücher abstaubte. Es hat mir zu denken gegeben, und ich habe es mehrmals gelesen. „Ihr könnt aber nicht beweisen, daß Selbstaufgabe nicht zu einer Untugend werden kann und das Mitleid nicht ebenso wie jedes andere Gefühl von der Vernunft in Grenzen gehalten werden muß." So ähnlich hieß es da. Gut gesagt – aber was nützen mir diese Worte, wenn Gerd dann im Sarg liegt und ich mir vorwerfen muß, es nicht verhindert zu haben.

Gerd ist nach unserer Aussprache wieder in sein Schneckenhaus zurückgekrochen. Ich werde das Gefühl nicht los, er bereut sein Geständnis. Ach, Gerd, ich verrate dich nicht. Ich weiß doch, es ist strafbar und darf nicht ans Tageslicht kommen. Und gäbe es das Gesetz nicht mehr, du müßtest trotzdem Spießruten laufen. Vor mir jedenfalls brauchst du dich nicht zu fürchten. Deshalb brauchst du dich nicht umzubringen.

Gib mich doch frei!

Aber, wo sollte ich denn hin? Habe ich überhaupt die Kraft, neu zu beginnen?

Ich wagte nicht einmal, in die nahe Apotheke zu

gehen und dort die Tabletten zu holen. Und das nur, weil ich weiß, daß der Apotheker Riesenstein oft zusammen mit meinem Schwiegervater am Stammtisch sitzt. „Eine nervenkranke Schwiegertochter. Da hast du ja wirklich Pech", würde er womöglich zu ihm sagen.

Ich weiß nicht mehr weiter.

* * *

Mitte Januar

„Wenn du denkst, es geht nicht mehr, kommt von irgendwo ein Lichtschein her", so ähnlich sagt ein Spruch, den ich schon lange kenne, und ich könnte das bestätigen, wenn, ja wenn dieser Lichtschein für mich nicht gerade durch den Unfall meiner Tante gekommen wäre. Ob es trotzdem ein Lichtschein für mich sein kann? Ich weiß es nicht so recht.

Eines aber weiß ich: Seit man mich geholt hat, um sie zu pflegen, fühle ich mich wohler. Arme Tante, wenn du wüßtest, daß du durch dein Kranksein mein rettender Engel geworden bist!

Wie hatte Frau Dr. Schmidt gesagt: oft sei eine Depression nichts weiter als das Gefühl, der Gefangene von unabänderlichen unerträglichen Zuständen zu sein. Und wenn mich nicht alles täuscht, hat sie recht, und es trifft bei mir zu. Denn meine entsetzliche Schwermut war wie eine Mauer, vor der ich stand, und ich sah weder einen Ausweg noch ein Hindurchkommen.

Und jetzt, wo man mich hierhergeholt hat, wo ich wieder in meinem Mädchenzimmer bei Tante Els hause, in dem das von mir oft verwünschte klobige Bett, der Schrank und der Schreibtisch fast den ganzen kleinen Raum ausfüllen, kann ich wieder frei atmen.

Es ist gestern früh gegen elf gewesen. Ich war beim Kartoffelschälen, als unser Jagdhund Greif wie wild bellte. Nichts Gutes ahnend, trocknete ich mir geschwind die Hände ab und lief zur Haustür.

„Was ist, Frau Schwarz?" fragte ich, als ich ihr verstörtes Gesicht sah. Die Fünfzigjährige machte bisher immer einen gelassenen Eindruck auf mich.

„Sie müssen sofort kommen, Frau Stein, Ihre Tante ist heute früh im Badezimmer ohnmächtig geworden und auf das Waschbecken gestürzt und hat sich dabei den Arm gebrochen."

„Wieso ohnmächtig geworden?" fragte ich besorgt.

Frau Schwarz zuckte ratlos mit den Schultern. „Tja, ich weiß auch nicht. Frau Doktor wollte sie ins Krankenhaus einweisen, damit das geklärt wird. Aber Sie kennen ja Ihre Tante; sie weigerte sich: ‚Meine Nichte soll mich pflegen.' Und nun bin ich hier, um Sie zu holen. Hoffentlich können Sie hier weg!"

Sie sah sich neugierig um.

Frau Hardt, die aus der Speisekammer kam und offenbar zugehört hatte, sagte: „Aber ja, das kann sie!"

Das ärgerte mich gewaltig: Ist es schon so weit, daß man über mich bestimmt? Dennoch lief ich rasch hinauf in unsere Wohnung und packte das Nötigste zusammen.

„Willst du nicht warten, bis Gerd aus dem Forst zurück ist? Er wollte doch bloß mit dem Förster besprechen, welche Bäume gefällt werden sollen."

„Nein", erwiderte ich, „ich gehe gleich mit."

Wir machten uns beide auf den Weg.

„Ihrer Tante geht es schon seit einiger Zeit nicht gut; sie klagte über Schwindelanfälle", erzählte mir Frau Schwarz, „aber von einem Arztbesuch wollte sie nichts wissen. Dabei ist sie doch als Witwe krankenversichert. Bei uns ist das etwas anderes, wir als Selbständige

müssen die Rechnungen selbst berappen. Da überlegt man sich's schon.

Jedenfalls heute morgen – ich denke, ich höre nicht recht – gab es über uns einen dumpfen Schlag. Was ist denn da los? dachte ich, griff nach dem Schlüssel – Sie wissen, ich habe ein zweites Paar Wohnungsschlüssel von ihrer Tante – und was soll ich Ihnen sagen, ich komme nach oben, laufe ins Bad – und da liegt sie.

Sie kam dann wieder zu sich. Ich half ihr auf und brachte sie ins Schlafzimmer. Anschließend lief ich zur Telefonzelle; wir haben ja im Haus noch immer kein Telefon, und dabei hat Ihre Tante es schon lange beantragt. Na, die nehmen sich Zeit.

Was soll ich Ihnen sagen? Die Ärztin kam. Sie wollte sie ins Krankenhaus einweisen, aber da wehrte sich Ihre Tante. ‚Meine Nichte soll mich pflegen.'

Frau Doktor gab nach und fügte sich. Sie fuhr mit ihr zum Röntgen, verarztete sie und brachte sie wieder heim.

Da blieb mir nichts anderes übrig, als Sie zu holen, Frau Stein."

„Wie lieb von Ihnen, Frau Schwarz!"

Sie blickte mich von der Seite neugierig an und sagte: „Ich hoffe nur, daß man Sie zu Hause nicht zu sehr vermißt. Sie werden ja auch Ihre Pflichten haben."

„Ach", sagte ich, „wir haben jetzt ein neues Mädchen, eine Ostpreußin, jung, kräftig, fleißig und sauber, da kann ich gut mal weg."

„Passen Sie auf, daß Sie nicht stürzen mit Ihren Stöckelschuhen; die Stäffele sind glatt!" warnte sie mich, und sie hatte recht. In der Aufregung hatte ich die ersten greifbaren Schuhe angezogen.

„Wir brauchten jetzt Schnee, aber das wird wohl in diesem Jahr nichts mehr werden. Andererseits, die Fast-

nacht steht vor der Tür. Machen Sie auch mit, Frau Stein?"

„Nein", sagte ich, „mein Mann und ich können diesem Trubel nichts abgewinnen." Das stimmte nicht, was ich da sagte. Wie sehnte ich mich danach, wenigstens für ein paar Tage, unter einer Maske versteckt, mal ein anderer Mensch sein zu dürfen, allen Kummer, alle Sorgen abzuschütteln.

„Aber Ihr Schwiegervater feiert doch mit", fuhr Frau Schwarz fort.

„Na, der muß wohl", erwiderte ich, „ihm als dem Bürgermeister würde man das Fernbleiben verübeln."

„Mein Mann und ich, wir halten auch nichts davon; was da wieder für Geld verjubelt wird. Andererseits ist es ja gut, wenn alte Bräuche gepflegt werden. Das heißt, wenn die Menschen dabei Anstand und Sitte wahren würden. Aber das tun sie ja meist nicht."

„Hat meine Tante große Schmerzen?" fragte ich.

„Ich weiß es nicht. Sie kennen sie ja: ehe die jammert, da müßte sie schon den Kopf unterm Arm tragen.

Vielleicht wäre es doch gescheiter gewesen, sie hätte sich im Krankenhaus mal gründlich untersuchen lassen.

Wie ich hörte, sind Sie auch nicht auf der Höhe, Frau Stein."

„Wer sagt denn das?"

„Na, wer es gesagt hat, weiß ich gar nicht mehr genau. Sie wissen ja, wir haben jetzt noch zusätzlich zur Schneiderwerkstatt die Annahme für eine Reinigung übernommen, und manche Leute reden eben, ob man's hören will oder nicht."

Sie sah mich wieder von der Seite an.

„Na, sehr gesund sehen Sie nicht gerade aus."

„Mir ging's nicht besonders, Frau Schwarz", sagte ich, „aber das ist vorbei." Und ich dachte: Hoffentlich über-

fällt mich bei meiner Tante kein Asthma-Anfall! Das wäre schrecklich.

In Tante Els' Wohnung angekommen, hatte ich keine Zeit mehr zum Grübeln.

„Ach, Kind, wie schön, daß du da bist!" sagte sie. Dann ging sie gleich zur Tagesordnung über. „Gieß mal den Weihnachtsstern! – Kannst du mir einen Tee kochen? – Bring mir die Brille und die Zeitung."

Indem sie das Geschehene tapfer zu überspielen versuchte, hielt sie mich in Atem.

Am Nachmittag kam Gerd, und er zeigte sich – wie immer, wenn wir nicht unter vier Augen sind – als zärtlicher Ehemann. Auch Tante Els gegenüber war er außerordentlich liebenswürdig. Er fuhr auch noch für uns einkaufen.

„Bleib nur, Barbara, pflege deine Tante. Jetzt im Winter bewältigen Mutter Hardt und Edeltraud gut allein die anfallende Arbeit."

Seit dem Tage, als er mit Selbstmord gedroht hat, meidet er so oft wie möglich das Alleinsein mit mir. Und jetzt scheint es mir so, als wäre er erleichtert, daß ich aus dem Haus bin. Einerseits kränkt mich das seltsamerweise, andererseits: vielleicht bahnt sich auf diese Art ein Ausweg an. Denn so kann es keinesfalls mit uns weitergehen.

* * *

Gerd war wieder in München. Deshalb fahre ich morgen nach Rottweil zum Rechtsanwalt und lasse mich beraten. Tante Els hat mir eine Adresse gegeben; sie hat sie von in Rottweil wohnenden Bekannten. Es soll ein guter, tüchtiger Rechtsanwalt sein. Daß Gerd in München war, erfuhr ich von Edeltraud, die ich in der Stadt traf, und mir zerschnitt es das Herz.

Soll er doch mit Robert glücklich werden! Mir ist schon alles egal. Ich weiß nur eines: Ich habe auch ein Recht zu leben.

Und Tante Els weiß inzwischen Bescheid. Sie ist jetzt die einzige – außer der Ärztin –, die die ganze Wahrheit über unsere Ehe kennt, und sie war entsetzt.

„Laß die Leute reden", sagte sie sanft, „denke nur an dich. Wir beide werden das schon durchstehen."

Seit ich mich Tante Els anvertraut habe, fühle ich mich kolossal erleichtert, und sobald ich die Beratung hinter mir habe, gehe ich hinauf und sage es Gerd. Mein Entschluß steht fest: ich trenne mich von ihm.

Tante meint, ich sollte seine Selbstmorddrohung nicht ernst nehmen. „Solange er sich noch in München amüsiert, will er leben."

Und das hoffe ich. Pläne mache ich noch nicht. Aber ich sehe wieder Licht am Horizont. Ohne diese Tabletten, die mir Frau Dr. Schmidt verschreibt, komme ich allerdings noch nicht aus.

Ach, wenn doch alles schon vorbei wäre! Wenn meine Lebensgeschichte, die ich mal so hoffnungsfroh aufzuschreiben begonnen habe, doch bald eine Wende erfahren würde! Das, was hinter mir liegt, kann doch nicht alles gewesen sein.

* * *

Dienstag

Ich bin aus Rottweil zurück. Eine Aufhebung der Ehe ist nicht mehr möglich; das kann – nach dem Gesetz – nur innerhalb eines Jahres geschehen. Deshalb bleibt nichts anderes übrig, als mich scheiden zu lassen. Ich werde das Gerd noch heute abend mitteilen. Er soll es nicht erst durch den Brief vom Rechtsanwalt erfahren.

Es graut mir vor dieser Aussprache. Wenn ich doch bloß schon wieder zurück wäre!

Tante Els redet mir gut zu. Ohne dieses Zureden würde ich wohl kaum den Mut aufbringen.

* * *

Wochen später

Als ich die schreckliche Nachricht erhielt, war ich gerade zu Tante Els zurückgekehrt. Ich war noch ganz benommen von der heftigen Aussprache mit Gerd; ich hatte ihm meine Absicht mitgeteilt, mich von ihm zu trennen. Ich ließ mich nicht davon abbringen, auch wenn er sich noch so darum bemühte.

Ich zog gerade meinen Mantel aus, da klingelte es Sturm.

„Wer kann das sein?" fragte Tante Els mit leiser Stimme aus dem Schlafzimmer heraus. Sie lag den ganzen Tag über im Bett, weil sie sich elend fühlte. Aber sie wollte immer noch nicht ins Krankenhaus. Wir ahnten nicht, wie schlimm es um sie stand.

Ich öffnete und erschrak, denn draußen standen zwei Polizeibeamte, ein älterer und ein jüngerer, und ich hatte eine schlimme Ahnung.

„Wir müssen Sie sprechen, Frau Stein", sagte der ältere Wachtmeister.

„Wer ist denn da?" rief Tante Els.

„Ich sag's dir später", rief ich zurück. Ich führte die beiden Polizisten ins Wohnzimmer, und als mich der ältere von beiden bat, mich doch zu setzen, merkte ich, wie verlegen sie waren.

Schließlich sagte der ältere: „Wir müssen Ihnen leider mitteilen, daß Ihr Mann tödlich verunglückt ist. Es war in einer Kurve. Irgendwie muß er da die Gewalt über sein Fahrzeug verloren haben. Das Auto hat sich überschlagen, und er wurde herausgeschleudert."

Nein, dachte ich, und ich bin schuld. Als ich ihm von meinem Entschluß erzählt habe, hat er wieder mit Selbstmord gedroht. Hätte ich doch seine Drohung ernst genommen! Warum nur bin ich so ein Unglücksbringer? Innerlich wurde ich ganz starr.

„Wo ist er?" fragte ich schließlich.

„Es ist besser, Sie bleiben der Unglücksstelle fern", meinte der jüngere, „der Wagen ist völlig ausgebrannt. Sein Vater kümmert sich bereits darum. Ein Mann kann das sicher besser verkraften."

Gerd, dachte ich und wunderte mich, nichts zu fühlen. Das Goethewort kam mir in den Sinn: „Die Botschaft hör' ich wohl, allein mir fehlt der Glaube." Ich konnte nicht fassen, was da passiert ist – eigentlich kann ich es heute immer noch nicht!

Soviel Schuld kann kein Mensch ertragen. Ich kann das nicht aushalten.

Hätte ich ihn nicht zurückhalten müssen? Hätte ich vielleicht doch wieder nachgeben sollen?

Ich weiß nicht mehr, was ich zu den beiden Polizisten sagte. Ich brachte sie zur Tür, ging dann ins Schlafzimmer von Tante Els und sagte: „Gerd ist tot."

„Mein Himmel, du lieber Himmel", rief sie aus. Aber dann schwieg sie. Sie wußte ja, warum ich nach oben auf den Steinschen Hof gegangen war und was ich Gerd hatte endgültig mitteilen wollen. Sie wußte, daß ich mich von ihm trennen wollte. Und sie hatte mir geraten, mich nicht beirren zu lassen, sondern fest zu bleiben.

Nun waren wir getrennt, getrennt für immer. Aber so hatte ich es nicht gewollt.

Die Botschaft hör' ich wohl, allein mir fehlt der

Glaube, so klang es immer wieder in mir. Und ich schämte mich, keinerlei Trauer zu spüren. War ich denn ein so eiskalter Mensch? Oder so geschockt?

„Du armes Kind!" sagte Tante Els, „Willst du nach Hause gehen?"

„Nein, niemals. Das kann ich nicht. Ich will seinem Vater nicht unter die Augen treten."

Mir fiel nämlich ein, daß bei unserer Auseinandersetzung ausgerechnet Edeltraud, das Hausmädchen, vor der Zimmertür stand. Was sie alles gehört hat, weiß ich nicht, aber ganz bestimmt Gerds Worte: „Wenn du das tust, wenn du mich verläßt, bringe ich mich um!"

„Du mußt hingehen", sagte Tante Els eindringlich, „was sollen sonst die Leute denken."

„Ach, ich kann mich nicht ewig nach den Leuten richten. Ich muß jetzt allein sein, Tante Els."

Ich ging in mein ungeheiztes Zimmer, und ich weiß nicht, wie lange ich so saß und vor Kälte und Erregung zitterte. Ich weiß nur, daß die Klingel mich erneut hochschrecken ließ. Diesmal war es Frau Frey, unsere alte Freundin, die zu uns geeilt kam. Aber ich bekam kaum ein Wort über die Lippen. Ich war irgendwie innerlich erstarrt.

Das, was ich hier endlich aufschreibe, liegt nun schon Wochen zurück. Denn wie der Volksmund sagt: Ein Unglück kommt selten allein. Die Nacht darauf starb Tante Els.

Ich hatte Schlaftabletten geschluckt, und mit diesem künstlichen Schlaf lud ich neue Schuld auf mich; denn ich weiß nicht, ob ich vielleicht ihr Rufen überhört habe. Und hätte ich ihr nicht lieber all das Schreckliche verheimlichen müssen? Durfte ich sie denn so aufregen?

„Belasten Sie sich nicht mit dieser Schuld", riet mir Frau Dr. Schmidt, als sie den Totenschein ausstellte. „Ihre Tante war sehr krank. Und was Ihren Mann

betrifft, so haben Sie auf Ihrem Recht bestanden, dem Recht, wirklich selber zu leben. Und wirklich selber zu leben, das ist doch die erste und dringlichste Aufgabe des Lebens. Und aus Angst, nicht wirklich zu sein, der man ist, das ist die Schuld, die das Leben nie verzeiht. Denken Sie an Ihre Depression! War sie nicht Beweis genug?“

Ich hörte und wußte nicht, was sie meinte.

Bei der Beerdigung von Gerd war mir, als ginge mich das alles nichts an. Zwei Tage später wurde Tante Els begraben. Ich weiß nicht mehr, was der Pfarrer am Grab der beiden sagte. Ich weiß nur noch eines: der Friedhof war voller neugieriger, aber auch anteilnehmender Menschen.

Unter den Kondolenzbriefen, von denen ich viele erhalten habe, war auch einer von Gerds Freund Robert. Ich legte ihn beiseite, ich mochte ihn nicht lesen.

Ich blieb in der Wohnung von Tante Els. Frau Frey war um mich. Aber ich sprach kaum ein Wort. Ich konnte nicht sprechen. Ich konnte nicht weinen. Ich kann nicht mehr beten. Wie gesagt, ich fühle nichts, gar nichts. Doch eines schon: ich schäme mich vor mir selbst, so gefühllos zu sein.

Bei der Beerdigung zeigten mir viele warmherziges Mitgefühl. Und wie ich hörte, bewundert man mich, daß ich mich so diszipliniert und gefaßt verhielt. Niemand kam darauf, daß dieses Gefaßtsein einfach nur durch die Erstarrung aller Gefühle kam.

* * *

An dieser Stelle legte ich nochmals Barbaras Aufzeichnungen aus der Hand. Es war spät geworden, und der Regenguß ließ die Jahresrosen unter meinem Fenster duften. Ich setzte die Brille ab, rieb mir die Augen und versuchte, mich an die Tage des Unglücks zu erinnern.

Berichte und Gerüchte über den Unfall gingen damals wie ein Lauffeuer durch die Stadt. In irgendeiner Kurve, so erzählte man sich, hätte Gerd die Gewalt über sein Fahrzeug verloren, hätte sich überschlagen. Genaues wußte man nicht.

Jedenfalls war jede Hilfe zu spät gekommen. Frau Maron, meine Untermieterin, überbrachte mir die Schreckensmeldung. Ich eilte trotz Glatteis zu Els und fand dort auch Barbara vor, die von der Polizei bereits benachrichtigt worden war. Und auch ich bewunderte sie, wie gefaßt sie sich zeigte. Nur eins machte mich stutzig, nämlich daß sie sich weigerte, nach Hause zurückzukehren, obwohl ich mich bereit erklärte, Els zur Hand zu gehen.

Ach, hätte ich zu diesem Zeitpunkt geahnt, daß es auch Els' letzte Lebensstunden waren, ich hätte die Wohnung nicht verlassen, denn in der Nacht darauf ereilte sie ein Herzinfarkt, bei dem jede Hilfe zu spät kam.

Das war für die Stadtbewohner eine neue Sensation, die viel Mitleid hervorrief und jedes andere Stadt- und sogar das Weltgeschehen in den Hintergrund drängte.

Ich entsinne mich, daß Els am Abend vor ihrem Tod mir anteilnehmender und wärmer erschien als je zuvor. „Laß sie", sagte sie, als ich Barbara aus ihrem kalten, ungeheizten Zimmer holen wollte, „alles Zureden nützt im Augenblick nichts. Laß sie gewähren! Sie steht unter Schock. Vielleicht kriecht sie ins Bett, wenn das elektrische Heizöfchen nicht ausreicht."

In der Nacht darauf starb Els.

Als Frau Schwarz mich zu Hilfe holte, fand ich Barbara wie versteinert vor. Sie sprach nur das Nötigste.

Ich blieb und erledigte am nächsten Tag die notwendigen Behördengänge, kaufte eigenmächtig die Trauergarderobe, Kleid, Schuhe und was sonst dazugehört. Auch ein neuer Mantel mußte her. Damit war die Haushaltskasse von Els leer, und da das Testament, in dem sie Barbara als Alleinerbin eingesetzt hatte – viel war nicht zu erben –, noch nicht eröffnet werden konnte, half ich mit meinen Spargroschen aus.

Barbara weigerte sich nach wie vor, in ihre Wohnung zurückzugehen. Diese Weigerung sorgte für Tratsch, der dem Vater des Verstorbenen, der doch ein hohes Amt bekleidete, nicht angenehm sein konnte. Doch schien ihm das Mitleid der Stadtbevölkerung gutzutun.

Ich allerdings wimmelte alle Beileidsbesuche ab, und den Gerüchten konnte ich keine Aufmerksamkeit schenken, und ich weiß auch nicht mehr, wie die Beerdigung der beiden und die Tage danach verliefen. Ich hatte – wie gesagt – viel zuviel um die Ohren. Zusätzlich war ich für Els' Trauergäste verantwortlich.

Fräulein Herbst kam angereist. Sie tat das Verkehrteste, was sie tun konnte: sie redete in einem fort auf Barbara ein. Sie und die übrigen Verwandten und Freunde, Hilde, Brigitte, Sybille, und Barbara und ich – so verschieden im Hinblick auf Aussehen, Schicksal, Charakter und Gewohnheiten – hausten ein paar Tage in der Wohnung der Verstorbenen. Allerdings ließ ich zwei der Damen in meiner Wohnung übernachten und blieb bei der jungen Witwe.

Wie gesagt, ich war zu aufgewühlt, um mich noch an alle Einzelheiten zu erinnern.

Ich sehe Barbara sehr aufrecht und gefaßt am Grabe ihres Mannes stehen. Ich sehe den unglücklichen Vater. Seine Hand war kalt, aber seine Augen waren voller Zorn. Dennoch tat er mir leid. Wem von uns gelingt es schon, aus seiner Haut zu schlüpfen?

Das politische Geschehen wird ihn bald wieder gefangennehmen, ablenken, dachte ich flüchtig. Und mir fiel ein: In diesen Tagen gab es einen schrecklichen Streit um die Pariser Verträge; die Sozialdemokraten wollten erst Verhandlungen mit Rußland, bevor die Verträge ratifiziert werden sollten. Komisch, daß in solch schlimmen Situationen, wie am Grabe eines Verunglückten, die Gedanken solche Wege gehen, dachte ich; daran erinnere ich mich noch. Auch nach der Beerdigung von Els war Barbara nicht zu bewegen, in ihre Wohnung im Hause ihres Schwiegervaters zurückzukehren. Sie fürchtete sich wohl.

Ich blätterte in ihren Aufzeichnungen. Von dem letzten Gespräch mit ihrem Mann über ihr Vorhaben, sich scheiden zu lassen, konnte ich nichts finden. Erst als vor kurzem das Hausmädchen Edeltraud ihren Dienst aufgekündigt hatte, setzte sie das Gerücht in die Welt, von dem mir Hertha Sommer erzählte und jetzt auch schrieb, nämlich, daß Gerd, bevor er im Auto davonraste, seiner Frau mit Selbstmord drohte. Und dies gibt jetzt, da Barbara schwanger ist, dem Klatsch und Tratsch neue Nahrung. Schon wegen des nicht bekannten Kindesvaters scheinen sich manche Leute den Kopf zu zerbrechen.

Ich nehme wieder Barbaras Tagebuch zur Hand und lese weiter.

Nein, ich bin nicht mehr völlig gefühllos; ich vergehe fast vor Mitleid mit meinem Schwiegervater. Irgendwie wehre ich mich dagegen und versuche, mir all das Schlimme, das er mir zugefügt hat, vor Augen zu führen; es ist völlig zwecklos – ich spüre dennoch Mitleid mit ihm, Mitleid, weil er nun allein ist, weil sein einziger ihm noch verbliebener Sohn nun tot ist, weil sich sein Wunsch, einen Enkel zu haben, nicht mehr erfüllen kann.

Habe ich ein schlechtes Gewissen? Ich weiß nicht, woher dieses Mitleid kommt. Ich weiß nur das eine: es ist da.

* * *

Heute beim Aussortieren und Aufräumen fiel mir der Kondolenzbrief von Gerds Freund Robert in die Hände. Ich hatte ihn, als ich ihn erhielt, ungeöffnet zur Seite gelegt. Aber nun setzte ich mich doch an Tante Els' ehemaligen Schreibtisch, öffnete den Brief und las ihn.

> *„Sehr geehrte Frau Barbara!*
> *Von Frau Hardt erfuhr ich von dem tödlichen Unfall meines Freundes Gerd.*
> *Es ist mir ein großes Bedürfnis, Ihnen diesen Brief zu schreiben und somit Ihnen mein Beileid auszusprechen.*
> *Gerd stand mir, wie Sie wissen, sehr nahe. Ich wußte von ihm, daß Sie mit dem Gedanken spielten, sich von ihm zu trennen. Gerd bekundete mir*

gegenüber Verständnis für Ihren Wunsch. Aber was ihn selbst betrifft, so konnte und wollte er sich eine solche Trennung nicht vorstellen.
Er liebte Sie auf seine Weise sehr, das weiß ich gewiß. Aber er war auch ein zutiefst zerrissener Mensch, der vielleicht diese Blamage weder sich noch seinem Vater antun wollte.
Vielleicht lag seine Unsicherheit darin begründet, daß er nie er selbst sein durfte, daß er die Begabungen, die ihm sein Schöpfer in die Wiege gelegt hatte, nicht nutzen konnte, weil er es allen recht machen wollte.
Oft überspielte er seine tiefe Depression mit übertriebener Höflichkeit.
Bei ihm kam vieles zusammen. Aber da war vor allem das Versprechen, das er seiner Mutter am Sterbebett gegeben hatte, nämlich das Erbe ihrer Familie zu erhalten, indem er seinen Wunsch, Musik zu studieren, aufgab, um in die Fußstapfen seines im Krieg gebliebenen Bruders zu treten. Dieses Versprechen hätte ihm seine Mutter nicht abnehmen dürfen. Sie hätte doch wissen müssen, daß er von Kindheit an nie die Erwartungen seines Vaters erfüllen konnte.
Es war eine Art Korsett, in dem Gerd sich durch dieses Versprechen bewegen mußte. Er hat sich darüber bei mir oft beklagt. Aber er sah keinen Ausweg, sich aus dieser Situation zu befreien. Oft hegte er Selbstmordgedanken. Aber ich glaube nicht, daß er die Kraft dazu aufgebracht hätte.
Deshalb bitte ich Sie, sich nicht womöglich Vorwürfe zu machen. Ich weiß um seine Gewissenskonflikte, die zu bewältigen er nicht imstande gewesen ist.
Alles wäre in seinem Leben – so vermute ich –

anders gelaufen, hätte er der sein dürfen, der er eigentlich war. ‚Werde, der du bist!' sagte einst ein großer Philosoph.
Doch dazu fehlte Gerd die Kraft.
Es tut mir leid, verehrte Frau Barbara, daß Sie an seiner Seite nicht das ersehnte Glück finden konnten.
Ich wünsche Ihnen für Ihr noch junges Leben alles denkbare Gute
und verbleibe in stiller Trauer
im Gedenken an einen wertvollen Menschen
mit stillem Gruß

Ihr Robert Eisbrecher."

Ich legte den Brief von Robert aus der Hand. Mir war plötzlich, als löse sich ein Panzer, der mich bisher umgeben hatte. Tränen stiegen auf – ich kann wieder weinen, weinen um Gerd, der so früh sterben mußte, weil . . ., o nein, nicht weiterdenken, mich nicht in Schuldgefühle verstricken!

Gott allein weiß, daß ich nicht die Kraft besaß, an Gerds Seite weiterzuleben, trotz allen guten Willens. Die Wunden der Demütigungen wollten nicht heilen, konnten nicht heilen, nicht in diesen Verhältnissen, in die mich Gerd hineingenommen hatte.

Vielleicht hatte er diesen seinen Freund gebraucht, weil ich ihn nicht verstehen konnte.

Warum nur? Warum?

Weinend zerriß ich den Brief in winzige Stücke. Wie gesagt, der Panzer war aufgebrochen. Eine tiefe Trauer erfaßte mich. Ich ging gegen Abend auf den Friedhof und legte Blumen auf Gerds Grab nieder.

* * *

Fünf Wochen später

Ich habe kein Mitleid mehr mit dem, denn ich bekam heute einen bitterbösen Brief von meinem Schwiegervater. Er schreibt unter anderem, wenn ich meinen Mann schon in den Tod getrieben und ihn selbst noch dazu ins Gerede gebracht hätte, weil ich am Tag der Beerdigung, als das Haus voller Trauergäste gewesen sei, mit Abwesenheit geglänzt hätte, so sollte ich doch jetzt auf mein Erbe als Gerds Witwe verzichten; es stände mir moralisch einfach nicht zu.

Ich unterschrieb die von einem Rechtsanwalt verfaßte Verzichtserklärung. Mir ist alles egal, alles. Nicht einmal der über Nacht hereingebrochene Frühling kann mich erfreuen. Mich läßt alles nach wie vor kalt.

Nur eins genieße ich, soweit man in meinem Zustand von genießen sprechen kann, nämlich das Zuhausesein, ganz mein eigener Herr, die Stille der Wohnung, alles andere wäre mir zu unruhig, zu laut.

Dennoch kann das nicht so bleiben. Ich werde meinen ehemaligen Chef, Herrn Sorg, aufsuchen und ihn um Rat bitten.

* * *

Montag

Heute war ich endlich bei Herrn Sorg. Er begrüßte mich freundlich und ist bereit, mich sofort wieder einzustellen. Schon morgen darf ich anfangen. Nun erwacht doch eine leichte Freude in mir, ein Gefühl, das ich gar nicht mehr erwartet habe. Ich will unter all das, was geschehen ist, einen Strich ziehen. Ich will sparen und dann vielleicht hier einmal alles, was ich habe, verkaufen, um in eine andere Gegend zu ziehen.

* * *

Dienstag abend

Der erste arbeitsreiche Tag liegt hinter mir. Welch eine Wohltat, sich auf Zahlen konzentrieren zu können. Mein Chef scheint zu wissen, was der beste Trost ist; denn er deckte mich mit Arbeit ein, so daß ich kaum zur Besinnung kam. Ich hatte sehr lange nicht mehr an der Schreibmaschine gesessen, und auch das Stenografieren lief nicht mehr so flott. Doch am Abend hatte ich seit langem das erstemal wieder das Gefühl, der Tag sei nicht sinnlos verflossen.

Um dieses neue Gefühl auszukosten, machte ich einen Umweg am Flußufer entlang. Dort hoffte ich allein zu sein; denn ich bin sehr menschenscheu geworden. Außerdem war ich in dieser Ecke schon lange nicht mehr gewesen, und mein Erstaunen war groß, als ich sah, wie sehr sich die Gegend zu verändern begann. Überall wurde gebaut.

Als ich das letztemal mit Gerd hier spazierenging, waren wir noch nicht verheiratet gewesen. Noch ahnte ich damals nichts von den Kränkungen und Bitterkeiten, die mir bevorstanden. Das große Plus war damals mein Verliebtsein und die Hoffnung auf eine leuchtende Zukunft.

Plötzlich wußte ich, ich durfte diese Gedanken und Erinnerungen nicht zulassen, und ich eilte nach Hause.

Zu Hause fühle ich mich einigermaßen geborgen. Ostern habe ich still in meiner Wohnung verbracht, hörte im Radio Beethovens Violinkonzert, eines von

Tante Els' Lieblingsstücken. Morgens hörte ich die Dombläser, aber zur Kirche ging ich nicht. Ich scheue die Menschen, ihr Mitgefühl kann ich nicht ertragen.

* * *

Mai

„Wie? Sie haben auf Ihr Erbe verzichtet?" fragte heute mein Chef und sah mich ungläubig an.

„Ja", sagte ich trotzig.

Er hatte wissen wollen, was ich mit meinem Erbe anzufangen gedachte, und da erzählte ich ihm von der Verzichtserklärung. Er schüttelte den Kopf. „Wie konnten Sie das nur tun, sich so hereinlegen lassen? Der alte Fuchs hat Ihre Trauer, Ihren Zustand ausgenutzt."

„Wie können Sie so etwas sagen, Herr Sorg, er hat alles verloren."

„Alles verloren, alles verloren! Viele haben im Krieg alles verloren, aber das Leben geht weiter, und der Mensch muß essen. Und ein bißchen Geld im Hintergrund, das hätte ich Ihnen schon gegönnt, Frau Stein."

„Vorbei ist vorbei", sagte ich.

„Was reden Sie da für einen Unsinn? Sie sind doch noch jung, das Leben liegt vor Ihnen."

Jung, dachte ich, ich fühle mich uralt. Ich schaute aus dem Fenster. Auf dem Goetheplatz blühten die Kastanien.

„Mir ist alles egal, ich will nichts von ihm", erwiderte ich.

„Wie edelmütig!" meinte er ironisch. „Sie müssen noch viel lernen, um einigermaßen durchs Leben zu kommen. Mit Ihrem Edelmut, den andere als Dummheit auslegen, werden Sie nicht weit kommen, Frau Stein."

„Ich will nicht weit kommen, ich will gar nichts mehr."

„Na, nun werfen Sie nicht gleich die Flinte ins Korn. Hören Sie auf, sich zu bemitleiden. Sie sind nicht die einzige Witwe im Lande! Sie werden schon darüber hinwegkommen. Aber deswegen müssen Sie sich doch nicht über den Tisch ziehen lassen, nicht auf das verzichten, was Ihnen zusteht, damit der Herr da oben sich für Ihr Geld einmal ein Denkmal setzen lassen kann. Sein Kind ist jetzt der Ehrgeiz. Merken Sie das nicht? Und das übrige, was er treibt, das treibt er nebenbei."

„Was meinen Sie damit?"

„Fährt er nicht öfters nach Rottweil?"

„Ja, dienstlich."

„Ach, Sie harmlose Seele!" Er holte sein Taschentuch hervor und schneuzte sich, daß man glauben konnte, ein Elefant trompetete. „Ich will Sie ja nicht aufklären, aber merken Sie sich eins, man muß im Leben für alles bezahlen, auch für seine Großmut; die kostet am Ende das meiste.

Da wir gerade dabei sind: ich habe Sie wieder eingestellt, weil Sie sorgfältig und gut arbeiten, aber ich werde meinen Betrieb aus Altersgründen aufgeben. Nicht heute und nicht morgen, aber doch in absehbarer Zeit. Sie müssen sich dann woanders umsehen, und da wird mein Zeugnis und das von der Handelsschule nicht ausreichen. Nun gut, wir haben Hochkonjunktur, da dürfte es für Sie kein Problem sein, wieder Arbeit zu finden. Aber ohne einen richtigen Abschluß werden Sie immer nur eine Hilfskraft bleiben, da können Sie in den heutigen Großbetrieben noch so tüchtig sein.

Ich verstehe Sie nicht, da wäre doch das Geld, das Ihnen als Witwe zusteht, eine gute Überbrückung gewe-

sen. Es hätte ausgereicht, um einen Abschluß zu erreichen. Das Zeug dazu haben Sie doch, Frau Stein. Oder denken Sie wieder ans Heiraten?"

„Bloß nicht!" rief ich aus.

„War es denn so schlimm?"

Ich schwieg.

„Na ja, die Zeit heilt Wunden, und das Leben geht weiter. Und merken Sie sich eins: Großmut zahlt sich in der heutigen Zeit nicht aus. Man sollte niemals auf das verzichten, was einem zusteht. Wenn Sie nicht das bringen, was man von Ihnen erwartet, sind Sie schnell weg vom Fenster.

Na ja, ich an Ihrer Stelle würde doch mal einen Rechtsanwalt aufsuchen."

„Das werde ich niemals tun", sagte ich, „ich will aus dem Unglück meines Mannes kein Kapital schlagen."

Und ich dachte, nein, man soll mir nicht nachsagen, ich hätte mich, wie mein Schwiegervater sich auszudrücken beliebt, nur ins warme Nest setzen wollen.

„Na ja, mich geht das ja nichts an", sagte mein Chef. „Machen wir weiter! Suchen Sie mir doch mal die Akte von Konrad heraus, nicht vom Gärtner Konrad, sondern von Adolf Konrad, dem Gipsermeister."

Ich holte die Akte und dachte: Wenn du wüßtest, wie egal mir das alles ist! Dennoch, vielleicht hat er doch recht. Was soll ich tun, wenn er die Bürotür dichtmacht? Hätte ich überhaupt die Kraft, mich noch woanders zu bewerben?

Immer häufiger komme ich mir wie Elia vor, der in der Wüste unter dem Strauch liegt und nicht mehr will. Aber auf die Stimme, die da ruft: „Steh auf!", warte ich vergeblich. Es gibt nicht den Knopf, auf den man nur zu drücken braucht, um plötzlich wieder voller Zuversicht zu sein.

Was meinte Herr Sorg mit Rottweil? Es stimmt, Gerds

Vater fuhr oft da hin, und das geschniegelt und gebügelt. Und erst jetzt wurde mir bewußt, wie aufgebracht sich dann Mutter Hardt jedesmal verhielt, wie unzugänglich sie dann war. Sollte er in Rottweil eine Liebschaft haben? Ach, ich merke schon, wie dumm und naiv ich bin und wie wenig ich weiß, was in anderen Menschen so vorgeht.

So in Gedanken, griff ich nach einer Zeitschrift, und mein Blick fiel auf eine Anzeige: „Abitur, Mittlere Reife – auch für Sie erreichbar! Wählen Sie unter den Lehrgängen!"

Ich studierte sie, und zum erstenmal träumte ich wieder von einer Zukunft. O ja, lernen, um dann einen Beruf zu haben, Geld zu verdienen und vor allem hier wegzuziehen, das war ein zu schöner Traum.

* * *

Mitte Juni

Unter meinem Fenster duften die Rosen. Ich habe inzwischen einen Fernlehrgang belegt, der sich „Aufbaulehrgang bis zum Abitur" nennt. Und ich büffele nach Dienstschluß noch bis Mitternacht. Es macht mir Mühe, aber auch Spaß, wenn man es so nennen darf. Zumindest muß ich nicht grübeln, kann träumen und hoffen, und das ist schon viel wert.

* * *

Oktober

Was ich heute erleben mußte, kann ich nie und nimmer auf mir sitzen lassen, denn ich fühle mich so gedemütigt wie noch nie in meinem Leben, und ich habe gewiß schon einiges hinter mir. In mir schreit es nach Rache. Rachegefühle kannte ich bisher in solcher Stärke noch nicht.

Nichtsahnend ging ich heute an diesem trüben Oktobertag auf den Friedhof. Ich besuche meist nur an trüben, regnerischen Tagen die Gräber, weil ich dann sicher bin, dort fast niemandem zu begegnen. Heute aber war es anders.

Tief in Gedanken versunken über Gerds Grab gebeugt, entfernte ich die welken Blätter von den verblühten Blumen. Plötzlich hörte ich Schritte, drehte mich um und sah in die haßerfüllten Augen von Gerds Vater. Er sah so furchterregend aus, daß ich einen Schritt zurückwich und beinahe auf das Grab gestürzt wäre.

„Was, du wagst dich hierher?" zischte er. „Du Luder, an das Grab meines Sohnes, den du in den Tod getrieben hast? Pfui, Teufel!" Er spuckte vor mir aus. „Du bist schuld an allem Unglück, du unfruchtbare Kuh!" schimpfte er. „Jetzt stehe ich da, ohne Familie. Sag mal, wieviel Kerle hast du gehabt, ehe du Gerd umgarnt hast? Auf vielbegangenen Wegen wächst kein Gras – das ist eine alte Tatsache. Du Hurenstück!" Er hob seinen Arm, als wollte er mich schlagen. „Du Miststück hast die Verlobung mit Ursel verhindert. Sieh sie dir an, das Klasseweib, sie kriegt schon ihr Zweites, aber du, die du kaum ein Hemd auf dem Leib hattest, hast meinem Buben den Kopf verdreht, wolltest dich ins warme Nest setzen. Du bist schuld, daß er ausziehen wollte, mich erpreßte, du hast einen Keil zwischen Vater und Sohn getrieben, du durchtriebenes Stück!"

Wieder hob er die Hand, als wollte er mich schlagen. Ich wich zurück, entfernte mich ein paar Schritte rückwärts, drehte mich um und rannte wie um mein Leben zum Friedhofstor.

Hier traf ich Frau Frieder, mit der ich im Kranken-

haus in einem Zimmer gelegen hatte. Sie blieb erstaunt stehen. „Aber, Frau Stein, warum rennen Sie so? Haben Sie einen Geist gesehen?"

Ich erwiderte nichts und sauste noch ein Stück, dann mäßigte ich meine Schritte.

Ich weiß nicht mehr, wie ich heimgekommen bin. Ich weiß nur, daß ich die Schuhe von den Füßen schlenkerte und mich – noch im Mantel – auf die Couch warf und heulte und nicht nur heulte, sondern mit den Fäusten auf der unschuldigen Liege herumtrommelte und laut herausschrie: „Das sollst du mir büßen, das lasse ich nicht auf mir sitzen, das sollst du mir büßen!"

Erst allmählich kam ich zu mir, und zu meiner Verwunderung stellte ich fest, daß ich wieder weinen konnte. Ich lief ins Bad, um mein Gesicht zu kühlen. In mir schreit es noch immer: Das sollst du mir büßen, das sollst du mir büßen! – obwohl ich keine Ahnung habe, auf welche Weise ich es ihn büßen lassen könnte.

* * *

Irgendwie muß sich mein Kummer im Gesicht abzeichnen. Gestern mitten beim Diktat sagte mein Chef – er hat ja schnell solche Sprüche drauf – : „Was ist mit Ihnen, Frau Stein? Haben Sie Sorgen? Na, mich geht's ja nichts an, aber Sie sehen ganz verbiestert aus."

„Aber, Herr Sorg", empörte ich mich, „ich bin in Trauer, soll ich da lachen?"

„Na, ich weiß nicht, nehmen Sie es einem alten Mann nicht übel, . . .", doch dann winkte er mitten im Satz ab.

Zu Hause stand ich dann lange vor dem Spiegel. Verbiestert, ja, er hat recht, mein Gesicht ist hart geworden. Ich vergrabe mich. Frau Schwarz fragt: „Gehen Sie gar nicht unter Menschen?" Frau Frey versucht, mich einzuladen. Aber ich erfinde Ausreden. Diejenigen, mit denen mein Schwiegervater Umgang pflegt oder die Frau Hardt besuchen, gehen mir aus dem Weg.

* * *

2. Januar

Die gutgemeinte Einladung von Schwarzens lehnte ich mit der Ausrede, ich hätte Kopfschmerzen, ab; statt dessen nahm ich Schlaftabletten, um nichts hören und sehen zu müssen.

Gerd ist nun fast ein Jahr tot. In einsamen Stunden, wenn ich weiß, mich stört kaum jemand – wie zum Beispiel heute in der Mittagspause –, gehe ich in die Kirche. Dort werde ich still und werde für kurze Zeit die Last los, die mich bedrückt, aber wirklich nur für kurze Zeit.

Es scheint im Menschen eine Grenze zu geben, wo er nicht mehr verzeihen kann. Vielleicht, weil der Mensch nicht sein darf und kann wie Gott. Wie soll ich bloß mit dieser schweren Beleidigung weiterleben? Ich weiß, es ist nicht normal, und ich dürfte diese Gedanken als gläubiger Mensch nicht haben, aber sie sind da, tauchen auf wie ein Stück Holz im Wasser, ob ich will oder nicht, nämlich die Gedanken, in die Küche zu gehen und den Gashahn aufzudrehen, Schluß zu machen. Aber würde ich dann Frieden, dann Ruhe finden?

* * *

Ich bin ganz durcheinander. Was gestern alles geschehen ist – ich kann es selbst nicht recht fassen! Mir schwirren die verschiedensten Erinnerungen durch den Kopf.

Ich will versuchen, alles der Reihe nach aufzuschreiben.

Ich hätte gestern abend beinahe eine entsetzliche, gefährliche Dummheit begangen, denn ich war so verzweifelt, daß ich fast den Verstand verloren hätte. Wieder einmal hatte mich jene Niedergeschlagenheit erfaßt, die in mir den Wunsch aufkommen ließ, mit meinem Leben Schluß zu machen. Möge mir der Herrgott verzeihen, aber ein trauriges Herz ist die Hölle. Und ich fühlte mich so einsam, verlassen.

Im Haus war es still. Alle Bewohner waren ausgegangen, um an dem Fastnachtsrummel teilzunehmen. Sogar Schneidermeister Schwarz hatte sich von seiner Nähmaschine erhoben und war seiner zu Besuch weilenden Nichte zuliebe zu einer Veranstaltung gegangen.

„Wollen Sie nicht mitkommen, Frau Stein?" hatte mich Frau Schwarz gefragt. „Das Trauerjahr ist doch vorüber. Sie dürfen sich nicht so abkapseln, Sie sind doch noch jung!"

„Ich habe Kopfschmerzen", entschuldigte ich mich wieder einmal.

Nun saß ich allein und hörte den fernen Fastnachtstrubel zu mir heraufschallen, Musik, kreischende, lachende, fröhliche Menschen. Und er, der mich so beleidigt hatte, war – das wußte ich genau – mitten unter ihnen. Oh, wie ich ihn hasse! Ich weiß, wie er am Stammtisch über mich zu reden pflegt – und ich sah keine Möglichkeit, mich zu wehren. Wenn ich mir das

Leben nehmen würde, könnte ich ihn am meisten treffen; die ganze Stadt würde es morgen wissen: Die Schwiegertochter von Bürgermeister Stein hat Selbstmord begangen. Und das würde ihn sicher sehr treffen.

Ich verrannte mich in diese Idee, lief zum Schreibtisch und schrieb einen Brief, der mich etwas erleichterte. Danach ging ich in die Küche, getrieben vom Gedanken, ihm eins auszuwischen, und drehte am Herd den Gashahn auf und setzte mich an den Küchentisch. Hier wollte ich meinen Tod erwarten. Das Gas strömte, es beduselte bereits meinen Kopf, und ich weiß nicht, wie es geschah: plötzlich stand mir ein längst vergessener Abend vor Augen, hell und klar.

Ich war seinerzeit zusammen mit Tante Els einer Einladung gefolgt. Eigentlich war ich nur ihr zuliebe mitgegangen. Es waren fast nur Damen in vorgerücktem Alter dort. Ein Pfarrer im Ruhestand – ich habe seinen Namen vergessen – hielt eine Art geschichtliche Bibelstunde, und er las aus dem 1. Buch Mose. Ich langweilte mich bis zu einer Stelle, die mich aufhorchen ließ und die mir im Augenblick, da das Gas strömte, wieder einfiel. Ich erinnere mich auch noch an die heftige Diskussion, die diese Stelle auslöste, und der alte Pfarrer hatte alle Mühe gehabt, die aufgebrachten Zuhörererinnen zu besänftigen.

„Bedenken Sie doch, meine Damen, was hätte diese Frau, diese Tamar anders tun können? Ich war von jeher ein Bewunderer ihres Mutes“, sagte er. „Und wer von uns könnte behaupten, daß ihr Handeln nicht in Gottes Plänen verankert war.“

Ich sah den Kreis noch immer deutlich vor mir: die älteren Damen verschiedenen Aussehens, den alten, dicken, etwas asthmatischen Geistlichen, wie er sagte: „Aber meine Damen, was wissen wir von Gottes Führung und warum er gerade diese tapfere Tamar nach dem Stammbaum im Matthäusevangelium zur Vorfahrin Jesu auswählte. Wie gesagt, ich bewundere ihren Mut und ihre Entschiedenheit und nicht zuletzt ihren Stolz.“

So etwa hatte der Pfarrer sich damals geäußert. Und was er da lobte, war das, was mir gerade jetzt fehlte, Mut, Entschiedenheit und Stolz.

Ich wollte rasch aufspringen, aber es ging langsamer und mühsamer, als ich gedacht hatte. Ich drehte den Gashahn zu, öffnete die Fenster und sog tief die frische Luft ein, wieder und wieder. Dann wankte ich ins Wohnzimmer.

Was hatte jene biblische Tamar getan? Sie hatte sich in einen Schleier verhüllt, ihren Schwiegervater verführt und sich somit ihr Recht verschafft. Und warum sollte ich das nicht auch versuchen?

Ich weiß nicht mehr genau, wie alles im einzelnen ablief, ich weiß nicht mehr, wie lange ich auf der Couch lag und meinen Plan schmiedete. Ich weiß nur, daß ich schließlich zur Stablampe griff und mich auf den Speicher schlich, wo ich nach dem Tod von Tante Els eine Truhe entdeckt hatte, die Kleider – offenbar Kostüme zum Verkleiden – und Larven und Masken enthielt, und wie verwundert ich darüber gewesen war, weil ich mir Tante Els unter solch einer Maske niemals vorstellen konnte. Jetzt sollte eine davon mir dienen. Auch Kleidungsstücke nahm ich mit nach unten, und – oh, welch ein Wunder – sie paßten mir einigermaßen. In letzter Zeit war ich etwas voller geworden. Ich saß häufig vor dem Kühlschrank und stopfte in mich hinein, was ich an Vorräten entdeckte.

Und jetzt, da ich vor dem Spiegel stand, war ich nur noch von der Wahnsinnsidee besessen: Ich muß ihn finden! Und ich werde ihn finden. Seine Masken ken-

ne ich alle. Und wenn es mir gelingt – es muß mir gelingen –, soll er mir alles büßen.

Das dachte ich auch noch, als ich mich hinunter zum Marktplatz begab, um ihn in der Menge ausfindig zu machen.

* * *

Schockiert legte ich einen Augenblick Barbaras Tagebuchaufzeichnungen beiseite.

Unglaublich, daß sie sich das Leben nehmen wollte! Und ich hatte nichts davon geahnt. Wie wenig weiß man von seinen Mitmenschen!

Natürlich hatte ich mich anfangs um sie bemüht.

„Barbara, da gibt es ein Konzert; wollen Sie mich nicht begleiten? Ich habe zwei Karten", hatte ich ihr angeboten.

„Nein, nein, ich bin in Trauer", wies sie mich ab.

Einige Male versuchte ich, sie einzuladen, aber auch da sagte sie ab, und ich respektierte ihre Wünsche.

Und was hatte sie da von der Ausführung ihres Selbstmordvorhabens zurückgehalten, jene Bibelstelle? Unglaublich!

O ja, auch ich erinnere mich noch an den damaligen Abend, als Pfarrer Hillmann über Tamar sprach. 1.Mose, Kapitel 38, glaube ich. Auf dem Heimweg sagte die Krebsbacherin zu mir: „Wie konnte der Pfarrer in Gegenwart des jungen Mädchens dieses Thema behandeln?" Ja, damals war Barbara erst kurz vorher in unsere Kleinstadt gekommen. „Diesen Sittenskandal!" fuhr sie fort.

„Aber, es steht in der Bibel", antwortete ich ihr.

„Dennoch – ist es nicht ein Widerspruch?" fragte sie. „Der Grundgedanke unserer Religion ist doch der, sich möglichst rein und makellos zu halten, um Gottes Nähe zu finden."

„Nun ja", erwiderte ich – daran erinnere ich mich noch –, „wie sagte Pfarrer Hillmann: Was wissen wir von Gottes Führung? Und er hat recht, finde ich. Was hätte in jener Zeit diese Tamar anderes tun können? Sie, die keine Söhne gebären konnte, weil ihr Schwiegervater Juda nach dem Tod seiner beiden älteren Söhne, die nacheinander ihre Ehemänner gewesen waren, ihr seinen dritten Sohn zwar als Ehemann versprach, in Wirklichkeit aber nicht geben wollte, sondern sie ins Elternhaus zurückschickte und sein Versprechen nicht hielt. Ohne Söhne kein Ansehen, keine Altersversorgung – ein nutzloses Leben unter Sklaven. Das wollte sie nicht, und es war Unrecht; sie mußte sich dagegen wehren."

„Heute würde man das als verschlagen, falsch oder listig bezeichnen", sagte die Krebsbacherin.

„Heute herrschen andere Gesetze", erwiderte ich und fügte – wenn ich mich recht erinnere – hinzu: „Aber so ganz stimmt das auch nicht. Denken Sie doch an den Orient; in den islamischen Ländern sind sie weitgehend noch heute präsent: ohne Sohn keine Anerkennung."

Aus diesem Grunde war mir die soziale Lage der Tamar schon verständlich. Als Witwe ohne Sohn war sie mittellos und gehörte zusammen mit den Waisen und Fremdlingen zu einer Gruppe mit niedrigem sozialen Status. Tamars einziges Ziel war damals wohl, einen Sohn zu bekommen.

So versuchte es jedenfalls seinerzeit Pfarrer Hillmann uns plausibel zu machen.

Aber wie sich Barbara mit dieser biblischen Gestalt vergleichen konnte, blieb mir bis jetzt ein Rätsel. Wenn ich ihre Aufzeichnungen richtig verstehe, wurde sie doch eher von Rachegefühlen stimuliert.

Ich nahm das Tagebuch wieder zur Hand und las hastig weiter; denn nun war ich aufs höchste gespannt, wie sie ihren Schwiegervater umgarnt und schließlich hinters Licht geführt haben mochte.

Ach, Barbara!

* * *

Und dann quirlte ich zwischen der ausgelassenen, sich wie toll gebärdenden Menschenmenge herum, die grölte, lachte und tobte, so daß einem Hören und Sehen vergehen konnte.

Einer der Burschen riß mich an sich. „Bist du ein Mädle, oder bist du ein altes Weible?" fragte er mit komisch klingender Stimme. Unter den Larven, so empfand ich es, konnte man die Stimmen der einzelnen nicht identifizieren.

„Wie du dich anfühlst, bist du ein Mädle!"

Ich befreite mich und wirbelte weiter durch die verkleideten, unter schrecklichen Larven verborgenen Menschen.

Ich suchte nur den einen, und ich würde ihn finden; denn ich kannte seine Larven- und Maskensammlung und seine Kostüme, die Herr Schwarz stets für ihn angefertigt hatte. Der hatte mir auch in diesem Jahr das Kostüm für meinen Schwiegervater gezeigt. Schließlich war er stolz darauf, für den Bürgermeister schneidern zu dürfen, und er ersparte ihm sogar den Weg in den Ort, indem er zum Gut hinaufging. Und nun hatte er meine Meinung hören wollen, ob ihm das ausgefallene Kostüm gut gelungen sei. Wenn er wüßte, wie sehr er mir damit geholfen hat!

Zugegeben, es war nicht einfach, ihn in der Menge zu finden und dann auch noch an ihn heranzukommen. Ich weiß selbst nicht, wie ich es schaffte. Aber ich wollte es, und nicht nur der Glaube, sondern auch ein fester Wille kann Berge versetzen!

Und als ich ihn gefunden hatte, kam mir der Zufall zu Hilfe. Oder sollte es so sein?

Einen der Burschen, der mich mit aller Kraft an sich zu ziehen versuchte, stieß ich mit aller Gewalt von mir, so daß ich nach rückwärts schwankte und dem Gesuchten direkt in die Arme fiel.

Er fing mich auf, merkte wohl, daß ich nicht so einfach zu haben war, und das trug zu seinem Interesse an mir bei. Natürlich flog ich wieder davon. Irgendwie mußte er, der jedes Jahr ausgiebig die Fastnacht mitgefeiert hatte, gespürt haben, daß ich nicht in diesen Kreis der fröhlichen Narren paßte. Das machte ihn wohl neugierig, schürte seine Beobachtungslust.

„Du bist wohl nicht von hier?" fragte er, als ich schließlich mit ihm tanzte.

Ich schüttelte heftig den Kopf. Er drückte mich an sich.

„Bist wohl das erstemal dabei?"

Diesmal nickte ich.

Mir war seltsam zumute, eine Mischung aus Ekel und Widerwillen und dem drängenden Wunsch, mein Vorhaben auszuführen.

Ach, ich weiß nicht mehr genau, wie alles geschah. Ich war viel zu aufgeregt, hatte Angst, er könnte mich erkennen. Mit der Zeit wurde ich etwas lockerer, und als ich merkte, daß er verrückt nach mir war, ließ ich mich dorthin entführen, wo es dann passierte, in die Kellernische der Schankstube zwischen lauter Fässer. Der Ort schien ihm vertraut zu sein.

„Komm, nimm die Maske ab!"

„Nein", flüsterte ich mit verstellter Stimme.

Mich beherrschte nur der eine Gedanke: Wie komme ich an sein Amulett? Ich wußte nicht, daß man, wenn ein Mann verrückt nach einer Frau ist, leicht an so etwas herankommt. Es war bloß schwierig, es dann in meiner Rocktasche verschwinden zu lassen. Er, der abergläubische Mensch, trug es immer bei sich, weil ihm ein alter Mann eingeredet hatte: „Wenn du das trägst, wirst du kein Pech mehr in den Ställen haben!"

Ich zitterte innerlich, als ich es in der Hand hielt, und ich dachte nur noch: Schnell hier fort! Aber er ließ mich nicht gehen.

„Mädle, du warst ja noch eine Jungfrau!" sagte er. „Wie alt bist du denn eigentlich?"

Ich hob dreimal meine behandschuhten Hände mit gespreizten Fingern in die Höhe.

„Geh, dreißig Jahre?!"

Ich nickte erneut.

Das stimmte zwar nicht, aber es war besser, wenn er mich für älter hielt.

„Gibt es denn . . ., heiligs Blechle, gibt es denn so etwas?! Ich möchte dich wiedersehen, Mädle. Willst du?"

Wieder nickte ich zustimmend.

Er fingerte in seiner Kostümtasche herum, holte einen Notizblock hervor, kritzelte etwas darauf, riß den Zettel ab und gab ihn mir.

„Schreib mir dorthin, wann wir uns wiedersehen können. Am besten an einem Donnerstag, geht das?"

Ich stimmte zu.

„Aber jetzt möchte ich sehen, wie du ausschaust!" Er griff nach meiner Maske. Ein panischer Schrecken erfaßte mich. Jetzt bin ich verloren, dachte ich und wehrte mich mit aller Kraft. Ich habe nicht gewußt, daß ich so viel Kraft besitze.

Bei diesem Kampf riß ich ihm einen Knopf vom Kostüm.

„Du kleine Hexe", sagte er, „du kleine Hexe. Wer bist du?" Er hielt mich ganz fest.

Schließlich kam die Rettung von außen. „Ist da jemand?" rief eine kräftige Männerstimme.

Er ließ von mir ab, und ich rannte nach draußen.

„Wieder so ein Luder", schimpfte der Fremde hinter mir her.

Ich verschwand in der Menge und kam keuchend daheim an, dankbar darüber, daß alles in letzter Minute gut gegangen war.

Ich warf meine Maske von mir, zog die Kleider aus und stellte mich unter die Dusche.

Noch konnte ich es nicht fassen, daß ich so etwas getan haben sollte.

Aber allmählich machte sich ein Gefühl der Genugtuung in mir breit. Nun wird er es mir büßen. Er soll mich nicht ungerächt eine Hure geschimpft haben.

Noch immer riecht es hier nach Gas, obwohl ich gleich die Fenster aufgerissen habe.

Unten in der Stadt toben sie weiter. Ich schaue nach oben in den friedlichen Sternenhimmel. –

Ich bin heute mit Kopfschmerzen aufgewacht und doch fühle ich mich unendlich befreit, von einem unbeschreiblichen Druck befreit. Ich habe mich gerächt. Ich habe ihm, der mich so tief verletzte, eins ausgewischt. Und ich kann ihn, wenn ich will, vor der ganzen Gemeinde lächerlich machen.

Aber ich habe auch Gewissensbisse. Ich weiß, daß man solche Rachegefühle nicht haben darf. Vielleicht sind diese Gefühle schuld an der Welt Elend, an Krieg und Mord. Aber ich kann mir nicht helfen, sie sind da. Ich weiß nicht, wie es mit mir weitergeht. Jedenfalls kann ich, wenn er mich weiterhin vor allen Leuten demütigt, mich zur Wehr setzen. Und das ist es wohl, was mir diese Erleichterung schenkt.

Ich habe die Bibel hervorgeholt und versuche, die Geschichte der Tamar zu verstehen. Und ich meine, wenn Gott ihr vergeben und sie auserwählt hat, so wird er auch mir verzeihen.

Wäre mir diese Geschichte nicht eingefallen, so läge ich heute hier tot in der Küche.

* * *

April

Ich lebe! Ich lebe, ich lebe! jubelt es in mir. Und ich danke Gott. Es gibt Augenblicke, da ist das Glücksgefühl so drängend stark, und ich finde das Leben wunderbar. Meist springe ich morgens aus dem Bett. Im Bad singe ich und wirbele anschließend durch die Wohnung. Ich habe mir ein paar hübsche Kleider gekauft, und ich trage eine neue Frisur.

Neuerdings interessiere ich mich für Klatsch in den Zeitschriften, zum Beispiel für Kaiserin Soraya, die mit ihrem Schah Deutschland besuchte und anscheinend fast alle Frauen träumen läßt. Was wird demnächst in meinem Lebensbuch stehen? Ich weiß noch nichts Genaues, aber es scheint so, als hätte ich jenen elften Tag, von dem Frau Frieder im Krankenhaus sprach, erwischt und als erwarte ich nun ein Kind.

Na, du wirst staunen, lieber Schwiegervater! Und ich male mir schon jetzt aus, was für Augen du machen wirst, du, der du mich eine Hure schimpftest, der du mir unterstelltest, deshalb keine Kinder zu bekommen, weil ich es mit unzähligen Männern getrieben hätte. „Auf vielbegangenen Wegen wächst kein Gras“, oder so ähnlich schriest du mir ins Gesicht. Du Heuchler, der ein verliebtes Paar, deine Helfer – wie ich hörte, sind die beiden inzwischen verheiratet – vom Hof jagtest, weil du ja keine Unmoral dulden wolltest! Nun habe ich dich überlistet und erwischt. Immer wieder hole ich den Zettel hervor, die Deckadresse mit dem Postfach in der entfernten Kreisstadt. Den Geldschein, den du mir in die Hand drücktest. Und natürlich das Amulett.

Ich traf Edeltraud in der Stadt.

„Ach, hören Sie auf, seit der Fastnacht, seit Aschermittwoch ist es mit dem Chef nicht mehr auszuhalten, sogar Frau Hardt hat oft Tränen in den Augen, und die kommt ja sonst ganz gut mit ihm zurecht. Oft hatte ich das Gefühl, er duckt sich vor ihr. Aber jetzt . . .", sie winkte ab und blickte mich verdrossen an. „Ich werde kündigen. Ich muß mich nicht so anfauchen lassen. Jetzt, wo Arbeitskräfte gebraucht werden, habe ich die Wahl. Ich will Schwesternhelferin werden."

„Seit wann tragen Sie denn eine Mecki-Frisur?" versuchte ich, sie abzulenken, und es gelang mir.

„Seit Fastnacht. Man muß mit der Zeit gehen."

„Sie steht Ihnen gut", sagte ich.

„Na, Sie sind auch hübscher geworden", meinte sie in vertraulichem Tonfall. „Nun ja," fügte sie hinzu, „Ihr Trauerjahr ist vorüber. Man muß nach vorn schauen."

Und wie ich nach vorne schaue, dachte ich bei mir, während ich mich verabschiedete, denn es scheint tatsächlich so, als hätte mir der elfte Tag, von dem Frau Frieder sprach, Glück gebracht.

* * *

Ein paar Tage später

Ich saß mit bangem Herzen in dem überfüllten Warteraum von Frau Dr. Schmidt. Die verschiedensten Menschen mit dem verschiedensten Aussehen waren hier anzutreffen. Einigen waren die Ängste und Sorgen ins Gesicht geschrieben, andere wiederum plauderten munter darauf los oder blätterten in Zeitschriften. Zwei ältere Frauen – ich kannte sie vom Sehen – sorgten sich um Kaiserin Soraya.

„Ein hübsches Kaiserpaar, und wie sie umjubelt werden!" meinte die eine zur anderen.

„Aber sie soll keine Kinder bekommen", mischte sich eine dritte ein, „und das Volk soll deshalb die Scheidung verlangen."

„Aber wieso, sie kann doch sicher nichts dafür."

„Das spielt dort keine Rolle. Das Volk wünscht es, ich habe es gelesen. Nicht in dieser Zeitschrift, sondern in einer anderen."

Plötzlich stieß eine von ihnen die andere an, und sie schauten auf mich und verstummten.

Ich kannte die Frauen, wie gesagt, nur vom Sehen, aber sie schienen mich zu kennen. Ich kannte sie nicht, weil ich viel zuwenig unter Leute gekommen war.

Endlich war ich an der Reihe, und ich saß nun Frau Dr. Schmidt gegenüber.

„Was führt Sie zu mir?" fragte sie.

„Meine Tage sind ausgeblieben", sagte ich und wurde rot. „Ich glaube, ich vermute . . .", stotterte ich, „ich bin schwanger."

Sie starrte mich einen Moment lang verständnislos an, dann hatte sie sich wieder in der Gewalt. „Na, da wollen wir doch mal nachsehen, gehen Sie bitte in die Kabine."

Sie untersuchte mich gründlich, dann saß ich wieder vor ihrem Schreibtisch.

„Ja, Frau Stein, Sie haben recht mit Ihrer Vermutung, Sie sind im dritten Monat."

Sie bemerkte wohl meine Freude. „Wollen Sie wieder heiraten?"

„Nein", sagte ich spontan.

„Und der werdende Vater?“

„Er weiß es nicht.“

„Sie sollten es ihm sagen; denn für ein Kind ist es gut, wenn es in einer Familie aufwachsen kann.“

„Ich werde alles daransetzen, meinem Kind Vater und Mutter zu sein“, sagte ich und hob den Kopf.

„Haben Sie sich das reiflich überlegt?“ Sie kannte ja meine Situation.

„Sehr, sehr reiflich, Frau Doktor!“

„Na, dann wollen wir alles tun, damit Sie gut durch die Schwangerschaft kommen“, sagte sie und reichte mir die Hand. „Wir sehen uns in einem Monat wieder; es ist ratsam, wenn werdende Mütter unter ärztlicher Kontrolle bleiben.“

Sie begleitete mich bis zur Tür. „Wie geht es Ihnen sonst?“ fragte sie wie nebenbei, „ich meine psychisch.“

„Sehr, sehr gut, Frau Doktor“, versicherte ich.

„Na, das freut mich für Sie.“

Noch einmal schüttelte sie mir die Hand, und in ihrem Gesicht leuchtete Wärme auf. Dann war ich draußen auf der harten Asphaltstraße dieses Villenviertels. Rechts und links die hübschen Häuser mit ihren Steingärten, die jetzt ihre Blütenteppiche ausbreiteten.

Ich war unsagbar glücklich. Ich werde ein Kind haben, ein eigenes Kind, mein langersehnter Traum sollte sich endlich erfüllen. Ich dankte Gott und vergaß vor lauter Freude ganz und gar, auf welche Weise ich schwanger geworden bin. Wenn nur alles gutgeht, dann will ich allen Haß vergessen. Ich hätte am liebsten vor Freude gesungen. Jedenfalls grüßte ich die Leute, denen ich begegnete, laut und herzlich, ob ich sie kannte oder ob sie mir völlig fremd waren. Allen sagte ich „Grüß Gott“. Und mein Gruß wurde ebenso freundlich erwidert, als spürten alle Menschen meine Freude.

Ich kann diese Freude nicht für mich behalten; ich

muß es jemandem sagen. Aber wem? Frau Schwarz? Unmöglich! Ich ging noch weitere Bekannte durch – nein, sie kamen alle nicht in Frage. Nur Frau Frey, die mir in den schlimmen Trauertagen so geduldig zur Seite gestanden hatte – ja, zu ihr wollte ich gehen, gleich morgen, in meiner Mittagspause."

* * *

Hier enden Barbaras Aufzeichnungen, die sie mir geschickt hat. Wie groß ist das Vertrauen, das sie mir damit bewiesen hat!

Welch ein Wunder! Jene Geschichte von Tamar, die damals Pfarrer Hillmann bei Hildegard in der Bibelstunde zu beleuchten versucht hatte, rettete ihr das Leben. Es klang fast unglaublich, und ich nahm mir vor, die Bibel zur Hand zu nehmen, um die Tamar-Geschichte nochmals zu lesen. Ich mußte ergründen, wieso sie Barbara beeinflußt hatte.

Aber dies war wohl nicht zu ergründen. Wie oft geschah es auch mir, daß ein Wort, irgendwann einmal gehört und längst vergessen geglaubt, im Gedächtnis aufblitzte und zum Wegweiser wurde.

Mir fiel der biblische Elia ein, wie er in der Wüste am Boden lag und nicht mehr leben wollte. Ein Traum oder ein im Traum erschienener Engel gab ihm den Befehl: Steh auf, hab Vertrauen!

Und da waren wieder die Worte, die Pfarrer Hillmann seinerzeit so lobend über jene biblische Tamar gesprochen hatte, die sich nicht zur Seite stellen lassen und das ihr zugefügte Unrecht erdulden wollte, sondern die sich zur Wehr setzte. Wie er ihren Mut, ihr Durchsetzungsvermögen bewunderte, das dann der Menschheit zum Segen wurde, weil sie ein Glied in der Kette der Generationen des später geborenen Christus wurde.

Und diese lobenden Worte müssen es wohl gewesen sein, die Barbara während ihres Selbstmordversuches einfielen und sie ins Leben zurückrissen. Alle Niederlagen, alle Demütigungen – so scheint es – hat Barbara dann mit ihrem Mut hinwegfegen können.

Und sie freut sich auf ihr Kind. Vielleicht waren es nicht nur der Haß und die Rachegefühle, die sie zu dieser absurden Handlungsweise hingerissen haben, sondern auch der Wunsch, jenem Menschen, dessen letzter Erbe durch eine tollkühne Autofahrt ums Leben gekommen war, doch noch den Nachkommen zu schenken, den er sich so heiß wünschte. Wer kennt schon alle inneren Quellen, die in uns sprudeln?

In Gedanken sehe ich Barbara mir wieder gegenübersitzen und beichten. Sie strahlte Selbstsicherheit aus. Es war offensichtlich eine Beichte ohne Reue.

* * *

Von meiner Reise heimgekehrt, finde ich eine ganz andere Barbara vor. Selbstbewußt, ohne auf den Klatsch und Tratsch der Leute zu achten, geht sie mit hoch erhobenem Kopf durch die Straßen.

Ich traf sie heute zufällig, als ich meine Vorräte auffrischte. Sie strahlte mich an.

„Wie lieb von Ihnen, daß Sie meine Aufzeichnungen gelesen haben“, sagte sie, „so bleibt mir manche Erklärung erspart.“

Sie ist aufgeblüht, aber auch rundlich geworden.

„Wollen wir geschwind eine Tasse Kaffee trinken?“ fragte ich. „Vielleicht da drüben im Café Spicht.“

„Kaffee schadet meinem Kind, aber eine Tasse Schokolade trinke ich gern“, antwortete sie.

Wir gingen die schmalen Stiegen hinauf und verkrochen uns in die hinterste Ecke, um möglichst ungestört reden zu können.

Es war unheimlich schwül draußen, und die kühle Café-Stube im alten Gemäuer war angenehm.

„Wie geht es Ihnen, Barbara?"

„Och, gut! Ich habe schon den Stubenwagen hergerichtet", sagte sie, „ich freue mich ganz schrecklich auf mein Kind. Allerdings würde ich gern außer dem Brief, den ich Ihnen schickte, noch etwas bei Ihnen hinterlegen. Oder soll ich Sie da besser nicht hineinziehen und es bei einem Notar tun?" fragte sie.

„Warum wollen Sie etwas hinterlegen?"

„Als Vorsorge. Falls mir bei der Geburt etwas passiert, möchte ich mein Kind abgesichert wissen. Und wenn er, der Vater, es nicht freiwillig tut, dann soll er dazu gezwungen werden. Mir ist es völlig klar, daß die Leute mein Handeln als Schande abstempeln werden, aber ich konnte nicht anders, ich wollte mich nicht bei den zahllosen Frauen einreihen, die unschuldig alle Erniedrigungen über sich ergehen lassen. Ich wollte mich wehren."

Ja, das hätte ich auch tun sollen, dachte ich bei mir. Meinen Mann hatte ich durch Vermittlung von Verwandten kennengelernt, brieflich, nach dem ersten Weltkrieg. Er war dreißig Jahre älter als ich, und er hatte mich bald nach unserer Hochzeit wissen lassen, daß wir getrennte Schlafzimmer haben müßten. Mir fiel das nicht schwer; denn ich empfand außer Achtung, die man einem Mann entgegenzubringen hatte, keine Liebe. Ich dachte seinerzeit noch an den Mann, für den ich geschwärmt hatte, den Bruder meiner Freundin, der im Krieg fiel. Also ergab ich mich meinem Schicksal, ohne zu murren. Und ich ergab mich vor allem, um meine standesbewußten Eltern zu schonen. Wie hätte ein höherer

Beamter mit einer geschiedenen Tochter dagestanden?

Nur eins war immer schmerzlich für mich, keine Kinder zu haben. Nun, ich hatte – das kann ich von mir behaupten – meine Zeit zu nutzen gewußt. Damals sagte ich mir, Gott, der auch Frauen mit Geistesgaben gesegnet hat, kann doch nicht wollen, daß diese ungenützt verkümmern. Eine Berufstätigkeit wäre allerdings in den Augen meines Mannes, der mit seinem Denken noch im vergangenen Jahrhundert verankert war, eine Schande gewesen. „Sollen die Leute denn glauben, ich könnte keine Frau ernähren?" hätte er gewiß verständnislos gefragt.

So baute ich heimlich meine Sprachbegabung aus, wagte mich an kleine Übersetzungen aus dem Englischen. Die französische Literatur reizte mich weniger, weil sie in ihren Romanen an Details nichts ausspart.

Und ich tröstete mich mit den unzähligen Kriegerwitwen. Hatte ich es da nicht tausendmal besser? Auch wenn mein Mann kein Aufsteiger war, eher kleinmütig und griesgrämig, so tat er doch gewissenhaft seine ungeliebte Arbeit.

Ich hatte Freundinnen. Ja, ihr lieben Schwabenfrauen, schön ist es, Freundschaft aufzubauen. Ich habe es in den mehr als zwanzig Jahren ja immer wieder erfahren. Denn euch hat's nicht abgeschreckt, daß ich hier nur „reingeschmeckt" war. Nein, ihr nahmt mich in eure Mitte.

Das alles ging mir bei dem Gespräch mit Barbara durch den Kopf. Und ich dachte, es wird sich zeigen, ob sich diese Freundschaften halten lassen, wenn ich mich nun entschlossen habe, Barbara beizustehen.

„Wann werden Sie es ihm sagen?" fragte ich schließlich.

„Das hat Zeit", erwiderte Barbara ruhig und bestimmt, „wahrscheinlich erst, wenn mein Kind geboren ist und wir beide gesund sind, andernfalls – ich sagte es ja schon – wird er es durch das, was ich hinterlege, erfahren. Sollte er allerdings weiterhin im Wirtshaus am Stammtisch über mich herziehen, werde ich ihm den Mund zu stopfen wissen." Sie lachte und das Lachen klang übermütig.

Wir trennten uns, denn nach einer Reise hat auch eine Alleinstehende, wie ich es bin, einige Besorgungen zu erledigen.

* * *

Heute kam Barbara ganz aufgeregt zu mir. Ich war mitten in einer Abschlußarbeit, die mir Schwierigkeiten bereitete, und ich fühlte mich gestört. Dennoch bat ich sie herein und hörte ihr zu.

Sie las mir einen wahrlich unverschämten Brief ihres Schwiegervaters vor, der ungefähr so lautete:

Wann sie, die Unglück über seine Familie gebracht habe und nun ihren dicken Bauch in der Stadt spazierentrage, ohne – wie er vermute – zu wissen, wer der Vater sei, endlich daran dächte, dorthin zurückzukehren, wo sie zuletzt hergekommen sei. Er habe ihrer Tante, der Hersfelderin, großzügigerweise für Barbaras Verschwinden Geld angeboten, aber er habe über sie gehört, daß sie sich weigere, von hier wegzugehen. Sie wolle ihm wohl absichtlich nicht den Anblick ihres Balges ersparen. Ob sie sich denn nicht in Grund und Boden schäme? Aber das könne man von so einer, wie sie es sei, wohl kaum erwarten. –

Ich dachte an die biblische Tamar. Obwohl zu jener Zeit andere Gesetze geherrscht haben mochten, würde der Verfasser dieses Briefes auch heute noch am liebsten Barbara vor die Tore führen lassen, um sie zu verbrennen. Und da das Gesetz es nicht zuließ, wünschte er sie an einen entfernten Ort.

„Was raten Sie mir, Frau Frey, was soll ich tun?"

„Vielleicht mit der Wahrheit herausrücken", antwortete ich, „ihm sagen, daß er der Vater Ihres Kindes ist. Nennen Sie ihm die Dinge, die es bezeugen können, und warten Sie ab, wie er darauf reagiert. Ich glaube schon, daß er sie dann in Ruhe lassen würde."

Und ich dachte bei mir: Ich an ihrer Stelle würde das Kriegsbeil begraben und von hier wegziehen. Aber er hatte sie wohl zu tief beleidigt. Wer kennt sich in einem menschlichen Herzen aus? Jedenfalls hat ihr ihre Tat ihren Lebensmut zurückgegeben, den sie völlig verloren zu haben schien.

„Ich werde warten bis nach der Geburt", sagte sie entschlossen. „Und zwar werde ich den Brief, den er dann bekommt, schon jetzt verfassen."

„Wie stellen Sie sich Ihre Zukunft vor? Sie wollen ihn doch nicht öffentlich bloßstellen!"

„Verdient hätte er es", meinte sie. „Und es liegt bei ihm. Jedenfalls will ich meine Ehre wiederhergestellt wissen."

„Werden Sie wieder in Ihre ehemalige Wohnung ziehen, wenn er Sie bittet? Schließlich wäre es nun sein einziges Kind", sagte ich.

„Nein, das werde ich nicht tun. Darum geht es mir nicht, und das will ich auch nicht. Ich will mein Kind allein erziehen, es soll nicht wie Gerd von ihm unterdrückt werden. Und ich werde die Kraft finden, mein Kind durchzubringen. Viele Kriegerwitwen oder Frauen von Kriegsgefangenen müssen das. Warum sollte ich es nicht schaffen?"

„Sie haben Mut." Und wieder tauchte ein Gedanke in mir auf, der mich in letzter Zeit bis in meine Träume hinein verfolgte, nämlich ihr anzubieten, mit mir zusammenzuziehen. Damit würde sie mir einen Herzenswunsch erfüllen, nämlich aus nächster Nähe ein Kind aufwachsen zu sehen. Vielleicht könnte die junge Mutter auf einer Abendschule ihre Ausbildung nachholen, während ich die Großmutter spielte. Doch ich wollte mich nicht aufdrängen. Ich wollte sehen, wie sich alles entwickelt.

„Ich lasse ihn schmoren", sagte Barbara selbstbewußt und strich sich das Haar aus dem Gesicht.

Wie hübsch sie geworden ist! Wer weiß schon, ob sie nicht auch mit Kind bald einen Mann finden wird, der sie das, was hinter ihr liegt, vergessen läßt.

Später sah ich ihr vom Fenster aus nach, wie sie den Burgplatz hinunterschritt, während im Radio über den Adenauerbesuch in Moskau berichtet wurde. Würde es ihm gelingen, die Kriegsgefangenen freizubekommen, damit sich wenigstens die Frauen, die Kinder freuen könnten, deren Väter noch am Leben sind?

Ach, Barbara, mögest du das, was du jetzt vorhast, nie bereuen müssen!

Ich setzte mich wieder an meinen Schreibtisch, um meine Arbeit zu erledigen. Es gelang mir leider nicht, mich zu konzentrieren. Deshalb erhob ich mich, holte die Bibel aus dem Regal und las die Geschichte der Tamar:

Es begab sich um diese Zeit, daß Juda hinabzog von seinen Brüdern und gesellte sich zu einem Mann aus Adullam, der hieß Hira. Und Juda sah dort die Tochter eines Kanaaniters, der hieß Schua, und nahm sie zur Frau.

Und als er zu ihr einging, ward sie schwanger und gebar einen Sohn, den nannte er Er. Und sie ward abermals schwanger und gebar einen Sohn, den nann-

te sie Onan. Sie gebar abermals einen Sohn, den nannte sie Schela. Und sie war in Chesib, als sie ihn gebar.

Und Juda gab seinem ersten Sohn Er eine Frau, die hieß Tamar. Aber Er war böse vor dem Herrn, darum ließ ihn der Herr sterben.

Da sprach Juda zu Onan: „Geh zu deines Bruders Frau und nimm sie zur Schwagerehe, auf daß du deinem Bruder Nachkommen schaffst."

Aber da Onan wußte, daß die Kinder nicht sein eigen sein sollten, ließ er es auf die Erde fallen und verderben, wenn er einging zu seines Bruders Frau, auf daß er seinem Bruder nicht Nachkommen schaffe. Dem Herrn mißfiel aber, was er tat, und er ließ ihn auch sterben.

Da sprach Juda zu seiner Schwiegertochter Tamar: Bleibe eine Witwe in deines Vaters Haus, bis mein Sohn Schela groß wird. Denn er dachte, vielleicht würde er auch sterben wie seine Brüder.

So ging Tamar hin und blieb in ihres Vaters Haus.

Als nun viele Tage vergangen waren, starb Judas Frau, die Tochter des Schua. Und nachdem Juda ausgetrauert hatte, ging er hinauf, seine Schafe zu scheren nach Timna, mit seinem Freunde Hira von Adullam.

Da wurde der Tamar gesagt: Siehe, dein Schwiegervater geht hinauf nach Timna, seine Schafe zu scheren.

Da legte sie die Witwenkleider von sich, die sie trug, deckte sich mit einem Schleier und verhüllte sich und setzte sich vor das Tor von Enahim an dem Weg nach Timna; denn sie hatte gesehen, daß Schela groß geworden war, aber sie wurde ihm nicht zur Frau gegeben.

Als Juda sie nun sah, meinte er, es wäre eine Hure; denn sie hatte ihr Angesicht verdeckt. Und er machte sich zu ihr am Wege und sprach: Laß mich doch zu dir kommen! Denn er wußte nicht, daß es seine Schwiegertochter war. Sie antwortete: Was willst du mir geben, wenn du zu mir kommst?

Er sprach: Ich will dir einen Ziegenbock von der Herde senden.

Sie antwortete: So gib mir ein Pfand, bis du ihn mir sendest.

Er sprach: Was willst du für ein Pfand, das ich dir geben soll? – Sie antwortete: Dein Siegel und deine Schnur und deinen Stab, den du in der Hand hast.

Da gab er's ihr und kam zu ihr, und sie ward von ihm schwanger. Und sie machte sich auf und ging hinweg und legte den Schleier ab und zog ihre Witwenkleider wieder an.

Juda aber sandte den Ziegenbock durch seinen Freund von Adullam, damit er das Pfand zurückholte von der Frau; er fand sie nicht. Da fragte er die Leute des Ortes und sprach: Wo ist die Hure, die zu Enajim am Wege saß?

Sie antworteten: Es ist keine Hure da gewesen.

Und er kam wieder zu Juda und sprach: Ich habe sie nicht gefunden. Dazu sagen die Leute des Ortes, es sei keine Hure da gewesen.

Juda sprach: Sie mag's behalten, damit wir nicht in Verruf geraten. Siehe, ich habe den Bock gesandt, aber du hast sie nicht gefunden.

Nach drei Monaten wurde Juda angesagt: Deine Schwiegertochter Tamar hat Hurerei getrieben; und siehe, sie ist davon schwanger geworden. Juda sprach: Führt sie heraus, daß sie verbrannt werde.

Und als man sie hinausführte, schickte sie zu ihrem Schwiegervater und sprach: Von dem Mann bin ich schwanger, dem dies gehört. Und sie sprach: Erkennst du auch, wem dieses Siegel, diese Schnur und dieser Stab gehören?

Juda erkannte es und sprach: Sie ist gerechter als ich, denn ich habe sie meinem Sohn Schela nicht gegeben. Doch wohnte er ihr nicht mehr bei.

Ich legte die Bibel beiseite und dachte: Erstaunlich, daß diese Geschichte, gehört bei meiner Freundin Hildegard, Barbara von ihrem Selbstmord zurückriß und ihr den Lebensmut wiedergab. So, als habe sie in dieser Welt noch eine Aufgabe zu erfüllen.

Welch hochmütige Gedanken!

* * *

Nun hat sie es ihm doch mitgeteilt. Sie kam heute zu mir, um mich die Kopie des Briefes lesen zu lassen, den sie ihm geschrieben hatte. Und ich finde es gut so. Ich bin nur gespannt, wie er darauf reagieren wird.

Ob er versuchen wird, sie abzufinden? Zuzutrauen wäre es ihm.

Vorerst wird er sich sicherlich gründlich schämen.

Nein, ein Mann wie er schämt sich nicht. Wovor er sich fürchten wird, das ist eine Bloßstellung vor den Leuten.

Warten wir ab!

Jedenfalls wird er spätestens morgen den Brief in den Händen halten.

Vielleicht freut er sich auch über die Aussicht auf das Fortbestehen seiner Sippe.

Und ich werde das Gefühl nicht los, daß Barbara nicht nur den Wunsch hatte, ihm zu beweisen, daß sie keinesfalls unfruchtbar ist, sondern daß ihr insgeheim auch an seiner Anerkennung gelegen ist. Gewiß unbewußt. Wie heißt es bei Goethe? „Du denkst, du schiebst, und wirst geschoben."

Jeder Mensch ist dem anderen ein Geheimnis, und ich will auch nicht darüber nachgrübeln; ich lehne es ab, wie ein Maulwurf in Seelen zu wühlen.

Jedenfalls ist Barbara eine bemerkenswerte Frau.

Ich benutzte den sonnigen Herbsttag zum Großputz.

Ich hatte die Gemälde abgenommen und gereinigt und die Blumentöpfe in die Küche herüber und wieder hinüber getragen, das Messing geputzt und das Bett frisch bezogen. Die beweglichen Möbel standen auf dem Balkon.

Da sah ich vom Fenster aus Barbara kommen. Ich öffnete und empfing sie an der Tür. Sie sah sich um.

„Oh", sagte sie, „ich komme ungelegen. Darf ich helfen?"

„Nein, nein, Sie in Ihrem Zustand sollten keine Sessel schleppen!"

„Aber absaugen darf ich."

„Lassen Sie das nur! Ich bin bald fertig."

Ich schloß die Balkontür und bot ihr den Platz auf der Couch an.

„Sie haben doch etwas auf dem Herzen, Barbara."

„Ja", sagte sie, „heute, als mir wieder einmal zu Ohren kam, wie abfällig mein Schwiegervater über mich redet. Ich traf nämlich Edeltraud, die jetzt zwar im Altersheim arbeitet, aber dennoch weiter Kontakt mit dem übrigen Personal des Hofes hält. Kaum hatte sie mich begrüßt, legte sie los, und obwohl ich sie bald unterbrach und zu ihr sagte: ‚Edeltraud, bitte, das interessiert mich nicht', kochte ich innerlich. Verzeihen Sie, wenn ich mich so salopp ausdrücke. Doch ich bin noch immer nicht fertig damit.

Jedenfalls setzte ich mich zu Hause hin und schrieb diesen Brief, den er sich bestimmt nicht hinter den Spiegel steckt.

Ich habe ihn soeben per Einschreiben in der Post abgegeben."

„Haben Sie ihn endlich aufgeklärt?" fragte ich.

„Ja", sagte sie, „ich muß ihm den Mund stopfen."

Sie öffnete ihre Handtasche, holte den Durchschlag hervor und gab ihn mir zu lesen. Er lautet ungefähr so:

„Erinnerst Du Dich, Schwiegervater, an die Frau, die Dich, unter einer Maske versteckt, verführte? Kennst Du die Handschrift dieser Kopie? Fehlt Dir ein Knopf am Fastnachtskostüm? Und wie kommst Du abergläubischer Mensch ohne Dein Amulett aus? Wie ich hörte, hattest Du kein Pech im Stall, obwohl Du, der große Bürgermeister, an diesen Unsinn glaubst.
Aber lassen wir das!
Ich möchte Dich mit diesem Brief nur warnen, denn das Kind, das ich erwarte, ist Dein Kind. Ich war die Frau unter der Maske, ich, die Du als Hure beschimpftest und – wie ich höre – immer wieder beschimpfst. Sollte mir noch einmal so etwas zu Ohren kommen, erscheine ich in der nächsten Gemeindeversammlung, und ich werde Dich dann öffentlich fragen, wem die drei Dinge gehören. Ich werde Dich als den Heuchler entlarven, der Du bist. Mehr habe ich Dir nicht zu sagen.

Barbara Stein geb. Herbst

PS.:
Ich möchte Dir noch mitteilen: sollte mir irgendwie ein Unfall zustoßen oder sollte ich bei der Geburt meines Kindes sterben, dann ist dafür gesorgt, daß man weiß, wer der Vater meines Kindes ist. Deshalb bleiben die Pfänder in meiner Hand oder, besser gesagt, in vertrauenswürdigen Händen.“

„Oh“, sagte ich und wollte ihr den Brief zurückgeben, „das wird ein Schock für ihn sein! Er wird Augen machen!“

„Bitte behalten Sie den Durchschlag für alle Fälle; ich

besitze noch einen zweiten. Es ist ja bald soweit. Die Adresse von meinem Rechtsanwalt kennen Sie ja."

„Ja", sagte ich, „aber es wird Ihnen nichts passieren, Barbara."

„Besser ist besser", lachte sie.

„Ich bin gespannt, wie er darauf reagiert", sagte ich.

„Ich auch!"

Nun half sie mir doch noch, in meiner Wohnung die alte Ordnung wiederherzustellen. Anschließend tranken wir Tee, saßen noch eine Weile beieinander.

„Wenn es soweit ist, wird Sie Frau Schwarz benachrichtigen", sagte sie zum Abschied. „Übrigens, sie zerbricht sich den Kopf, wer der Vater meines Kindes ist. Sie hat nie einen Mann bei mir gesehen. Aber sie wagt es nicht, mich danach zu fragen."

Ich winkte ihr nach.

* * *

Zwei Tage später

Bürgermeister Stein hat gestern in einer Gemeindeversammlung einen Schwächeanfall erlitten. Es steht in der Zeitung und ist in aller Munde. Man vermutete einen Herzanfall, aber der herbeigerufene Arzt hat das nicht bestätigt. Er nimmt an, er sei überarbeitet.

Ob das Geschehene mit Barbaras Brief zusammenhängt?

* * *

Vierzehn Tage später

Den Stein scheint die Nachricht, daß er Vater wird, doch recht mitgenommen zu haben. Wie man hört, ist er noch nicht wieder im Amt. Er soll kränkeln. Ich glaube, er hat Angst. Hat Barbara ihn das Fürchten gelehrt? Das paßt zu seinem Charakter. Denn gerade sich so stark gebärdende Männer sind oft, wenn es sie selbst betrifft, äußerst empfindlich. Das sind meine Erfahrungen. Ich habe schon mehrere Schreihälse wimmern gehört.

* * *

November

Der Novemberwind rüttelt an meinem Fenster. Barbaras Tochter ist geboren, und er weiß es. Sie trägt den Namen Tamar. Alle wundern sich über diesen hier so fremden Namen.

Er kam heute abend im Schutze der Dunkelheit zu mir geschlichen, weil er mir angeblich vertraut. Und als er mir so gegenübersaß, von Angst gepeinigt, Barbara könnte ihn bloßstellen, sagte ich: „Oh, mein Himmel, ihre Tochter hat die Andeutung des gleichen Leberfleckes auf ihrer Wange wie Sie."

„Ja?" fragte er, und ein stolzes Lächeln huschte über seine runzeligen Wangen. „Vielleicht habe ich mit meiner Tochter mehr Glück als mit meinen Söhnen", fügte er hinzu. „Ich habe meiner Schwiegertochter Unrecht getan, das weiß ich nun. Ich war inzwischen auch in München bei diesem Halunken, der meinen Sohn verführt hat."

„Na, na, na", versuchte ich ihn zu bremsen.

„Ich möchte es gutmachen, so gut es geht", sagte er. „Sie wird nicht wieder in ihre Wohnung zurückkehren wollen."

„Ganz gewiß nicht", bestätigte ich.

„Eben", fuhr er fort, „aber ich dachte mir, wenn ich

ihr ein Haus kaufe, ein Häusle mit Garten – ein Kind gedeiht besser an der frischen Luft – und die beiden gut versorge, würde dann Barbara schweigen?“ Die Furcht vor dem Bloßgestelltwerden stand ihm im Gesicht.

„Das müssen Sie sie schon selbst fragen“, entgegnete ich kurz.

Ich weiß, sie würde sein Angebot nicht annehmen. Unser Beschluß steht fest, nämlich, daß sie bei mir die Vier-Zimmer-Wohnung beziehen wird, in der bisher die Vertriebenen aus dem Osten gewohnt haben; sie sind erfreulicherweise mit einem Wohnungstausch einverstanden.

„Fragen Sie doch Barbara“, bat mich Herr Stein schließlich.

Ich versprach es. Erleichtert – so schien es mir – verabschiedete er sich und schlich sich dann im Schutz der Dunkelheit davon.

Am nächsten Tag besuchte ich Barbara im Krankenhaus. Sie schlüpfte in ihren Morgenrock und ging mit mir den langen Korridor entlang zum Aufenthaltsraum. Dort waren wir allein und konnten ungestört miteinander reden.

Der trübe Novembertag wollte nicht so recht zu der glücklichen jungen Mutter passen. Ich mußte das Licht anknipsen. Wie ihr Gesicht strahlt!

„Nun, wie geht's der kleinen Tamar?“ fragte ich.

„Ich glaube, sie gedeiht.“

Dann rückte ich damit heraus, daß ihr Schwiegervater – oder soll man lieber sagen, der Vater ihres Kindes? – bei mir war, daß er einsehe, wie unrecht er ihr getan habe. Und ich erwähnte sein Angebot, wenn die Sache geheim bliebe.

„Ich werde es nicht hinausposaunen“, sagte sie gelassen, „er interessiert mich nicht mehr. Mich interessiert nur noch mein Kind. Allerdings möchte ich es später versorgt wissen – das heißt", fügte sie leise hinzu, „unser beider Kind." Sie griff nach meiner Hand. „Ich freue mich aufs Heimkommen. Ich freue mich, daß ich lebe." Nachdenklich sah sie mich an. „Es gab eine Zeit, da wollte ich mich Gottes Willen fügen. Aber es war wohl nicht sein Wille."

Und wieder fiel mir das Goethe-Wort ein: „Du denkst, du schiebst, und wirst geschoben."

Bevor ich ging, ließ ich mir nochmals das Baby zeigen. Warme Großmuttergefühle stiegen in mir auf. Ein neues Leben hat begonnen, auch für mich.

NACHWORT

Dies Geschehen liegt neunzehn Jahre zurück, und unsere Tamar hat ihr Abitur mit Auszeichnung bestanden. Wie hier üblich, wurde sie zusammen mit anderen Mitschülern in der Zeitung belobigt.

Das wäre kein Grund, nochmals auf längst vergangene Zeiten zurückzukommen, aber heute kam Tamar, die mit ihrem Äußeren ganz in die Familie Stein schlägt – honigfarbene Augen, volles kastanienbraunes Haar, hochgewachsen –, die sich in dem heute hochmodernen Minirock sehen lassen kann, aufgeregt nach Hause.

„Stell dir vor, Ömchen, treff' ich doch heute auf dem Heimweg von der Abschiedsfeier den alten Stein, ich meine Muttis Schwiegervater. Ich will grüßend an ihm vorübergehen wie sonst – schließlich war er ja politisch Muttis Kontrahent, und ich bin immer etwas unsicher, wie ich ihm begegnen soll, du weißt es ja, Ömchen.

Aber diesmal bleibt er stehen und sagt: ‚Ich gratuliere dir, Mädchen, zum Abitur. Du gehörst ja mit zu den Besten.'

Ich wußte gar nicht, was ich sagen sollte. Er strahlte mich an", sagte sie im etwas herablassenden Tonfall einer Neunzehnjährigen, „so als wäre er sogar stolz auf mich", fuhr sie fort. „Und was sagt der? ‚Du könntest uns alte Leute ruhig mal besuchen, schließlich gehörst du sozusagen zur Familie.'

‚Wenn Sie es wünschen', antwortete ich und ging schnell weiter. Sag mal, Ömchen, er scheint doch ein ganz netter Opa zu sein. Warum ist Mutti so sauer auf ihn, warum geht sie ihm aus dem Weg? Hat das wirklich nur politische Gründe?"

„Ach, Kind, das wird sie dir sicher mal selbst erzählen“, erwiderte ich. „Er hat sie wohl als Schwiegertochter nicht gerade gut behandelt.“

„Na ja“, sagte sie und warf ihr Haar zurück, „man muß doch verzeihen können. Man kann doch nicht wie Mutti jeden Sonntag in der Kirche das Vaterunser beten, versprechen, daß man seinen Schuldigern vergibt, ohne es wirklich zu tun“, und sie fügte auf echt Schwäbisch hinzu: „Ich gang mal naa.“

„Tu das, Kind, aber sprich vorher mit deiner Mutter!“ sagte ich. Sie verließ unbekümmert das Zimmer, rief noch: „Ich geh' mal zu Sonja.“

Ich trat an das Fenster, an dasselbe Fenster, an dem ich damals gestanden und Barbara nach ihrer Beichte kopfschüttelnd nachgesehen hatte. Ach, Barbara, dachte ich, wäre es nicht an der Zeit, mit Tamar zu reden? Sie ist alt genug. Und du hast Glück mit deinem Kind. Sie ist, wie man heute in der saloppen Sprache sagt, pflegeleicht. Sie ist engagiert und weiß, was sie will, nämlich Medizin studieren.

Du wußtest damals auch ziemlich genau, was du wolltest, Barbara. Noch über Tamars Wiege gebeugt, sagtest du: „Ich werde mein Leben in den Dienst des Nächsten stellen. Ich werde eine Ausbildung als Kindergärtnerin absolvieren und mich nebenher politisch engagieren. Mein Anliegen wird sein, daß die Schlüsselkinder von der Straße wegkommen. Das will ich, sobald ich qualifiziert dafür bin, im Rathaus durchsetzen. Wir brauchen eine Kindertagesstätte, hauptsächlich für die Alleinerziehenden.“

Du fandest damals auch zu deinem Glauben zurück. Es war nicht mehr der Angst machende Glaube, dessen hohe und starre Anforderungen Schuldgefühle in dir erzeugten, sondern du fandest den Gott, von dem du zutiefst wußtest, er weiß um dein Leid und versteht dich. Du warst überzeugt davon, daß er dich in jener schrecklichen Nacht, als du den Gashahn aufdrehtest, zurückriß, weil du leben solltest. Vielleicht um noch Aufgaben zu erfüllen? Du hattest einen Mut machenden Glauben gefunden, der dir Kraft gab. Wir beide sprachen oft miteinander darüber, viele Stunden.

Nach dem Abschluß deiner Ausbildung bewarbst du dich um eine Anstellung bei der Kirchengemeinde. Man lehnte dich ab. Als uneheliche Mutter, die nicht einmal den Vater ihres Kindes preisgeben wollte, warst du als Vorbild nicht tragbar. Du bewarbst dich also bei der Ortsgemeinde, und er, der damals noch Bürgermeister war, befürwortete – zum Erstaunen der anderen – deine Anstellung und später deine Forderungen. Aus Angst oder Einsicht – wer weiß! Aber seine Angst war unbegründet. In dieser Hinsicht nahmst du dir nicht die biblische Tamar zum Vorbild, die Juda vor allem Volk bloßstellte, damit er seine Missetat erkannte. Du setztest ihn nicht der Lächerlichkeit aus, sondern beherzigtest Jesu Wort: „Wer ohne Sünde ist, werfe den ersten Stein!" Aber du beherzigtest auch das, was Jesus nach diesem Wort gesagt hat und was man meist vergißt: „Sündige hinfort nicht mehr!"

Es kam jedenfalls nie ans Tageslicht, wer Tamars Vater ist. Tamar selbst glaubte – und das tut sie noch heute –, sie wäre das Kind des tödlich verunglückten Gerd Stein; denn sein Grabstein zeigte weder sein Geburts- noch sein Sterbedatum. Und wenn auch viele von ihrer unehelichen Geburt wußten, so hatte das bisher ihr gegenüber niemand erwähnt.

Der Familienname Stein verschaffte ihr später einen gewissen Schutz. Der Klatsch und Tratsch ebbte ab. Es gab Neues, worüber sich die Leute aufregen konnten. Und der alte Herr, der Tamars Vater ist, lebt schon einige Zeit zusammen mit seiner Wirtschafterin im

Ruhestand. Anscheinend will er jetzt mit seiner Tochter, unserer Tamar, ins reine kommen.

Und Barbara? Kann oder wird sie es ihr verwehren, wenn sie ihn besuchen will? Wie sagte Tamar?

„Mutti kann doch nicht in der Kirche das Vaterunser beten und damit auch die Worte ‚und vergib uns unsere Schuld, wie auch wir vergeben unseren Schuldigern', ohne sich mit ihrem Schwiegervater zu versöhnen."

Das Mädel hatte ins Schwarze getroffen.

Schaudernd dachte ich daran zurück, wie nah Barbara dem Tod gewesen war, und es schien mir immer noch wie ein Wunder, daß sie ausgerechnet durch die Bibelerzählung von der tapferen Tamar davon zurückgehalten wurde. „Steh auf und wehre dich! Du hilfst damit nicht nur dir, sondern bringst damit auch jene zum Nachdenken, die Unrecht tun."

Was wissen wir von Gottes Führung?

Tamar wurde geboren, und ich durfte ein Kind betreuen und aufwachsen sehen. Ein Herzenswunsch ging für mich in Erfüllung. Seit ich das Kind zum erstenmal in meinen Armen halten durfte, fühle ich mich mit ihm innig verbunden. Wie schön war es für mich, als Tamar zum erstenmal ihr Händchen vertrauensvoll in meine Hand schob! All die Jahre ist unsere liebevolle Verbundenheit erhalten geblieben. Kein Mensch hat mir je soviel bedeutet wie sie.

Womit hängt Liebe zusammen? Was läßt Sympathie entstehen?

Und Barbara ist mir zur Tochter geworden. Obwohl ich ihr übereifriges Engagement oft gern bremsen möchte, weil ich befürchte, sie könnte sich überfordern, bewundere ich sie doch sehr.

Es wäre schön, wenn sie über die Worte ihrer Tochter nachdächte. Doch das will und muß ich ihr überlassen. Ich weiß nicht, wie lange ich schon hier stehe und dem unter unserem Fenster vorbeifließenden Verkehr zuschaue.

Ein Schlüssel dreht sich im Schloß: Barbara kommt heim. Und sie ruft: „Ömchen, gibt's was zu essen? Ich muß bald wieder fort. Wir haben eine Sitzung."

Ach, diese Schinderei und Hetze! Doch was soll's? Wenn etwas Gutes dabei herauskommt, will ich sie nicht bremsen.